그날

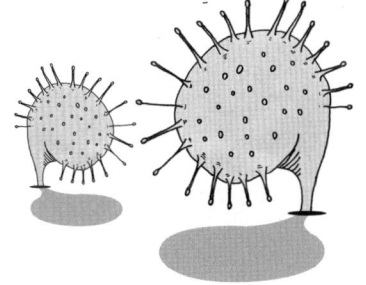

ⓒ 오철환 소설집 그날, 2025

차 례

005　돌싸움

033　끈끈이주걱

071　월리를 찾아라

099　프로메테우스의 후예

127　중독

161　의좋은 형제

193　큐비즘

돌싸움

 세월이 흘러가면서 정치판의 대립과 반목은 복잡하게 바뀌어 갔다. 영남과 호남, 보수와 진보로 나뉘어 싸우던 것이 세대별로 분화되고 또 성별로 갈라섰다. 그렇게 갈가리 찢어진 민심은 급기야 극단적 개인 중심으로 그 패턴을 형성해갔다. 자기한테 이득이 되거나 유리하면 같은 편으로 깐부를 먹고, 손해가 되거나 불리하면 적대시하고 돌을 던졌다. 이러한 상황에서 깐부 먹기 경쟁, 세 불리기 게임은 더욱 치열하게 전개됐다. 편이란 것은 고정불변이 아니라 수시로 변화하는 생물과 같은 것이었다.

 이런 사회 변화에 맞춰 정치판도 새로운 바람이 불었다. 정치인들은 고정표를 확보하기 위해 연예인의 인기 관리를 벤치마킹하기 시작했다. 팬 카페를 만들고 팬 확보에 공을 들였다. 이른바 팬덤 정치가 독버섯처럼 광범하게 번져갔다. 같은 편을 많이 만들려고 서로 경쟁하다가 보니 무리하게 선물 보따리를 앞다투어 풀 수밖에 없었다. 바른길이 아니라 이기는 길이 정의라는 인식이 확산돼 갔다. 그런 와중에 대통령 선거가 코앞으로 다가왔다.

여야양당의 지지율이 박빙이었다. 선거판은 한 치 앞을 내다볼 수 없을 정도로 오리무중이었다. 어느 때 보다 치열한 선거전이 전개될 듯했다. 정권 연장을 노리는 여당인 영수당은 경선을 통해 오세연 전 서울시장을 최종 후보로 내세웠다. 제1야당인 호진당은 이대권 전 경기도지사를 대항마로 내세워 정권교체를 이루고자 하였다. 여당은 팬데믹을 핑계 삼아 돈을 풀었고 야당은 높은 정권교체 여론을 기반으로 지지율을 확산시키려고 안간힘을 쓰고 있었다. 본격적으로 선거운동이 시작되자 정당조직의 말초신경이라 할 수 있는 각 지역 당원협의회가 움직이기 시작했다. 근데 날씨가 먼저 알고 심술을 부렸다. 역대 급 강추위가 몰아쳤다.

스마트폰 알람이 부지런히 울었다. 출근 시간대 거리 유세에 가담하려면 적어도 새벽 6시엔 기상해야 한다. 정호는 베란다로 나가 창문을 열고 손을 내밀어 보았다. 영하 10도는 족히 돼보였다. 나뭇가지가 심하게 흔들렸다. 바람마저 저렇게 부니 체감온도는 아마 영하 15도는 될 것 같았다. 단단히 준비해야 할 듯했다. 목 티에 털 재킷을 입고 캐나다구스 롱 패딩으로 완전무장을 했다. 거울을 봤다. 올리브 드랩에 가까운 국방색이 눈에 거슬리

긴 했지만 눈밭에 굴러도 얼어 죽을 염려는 없을 것 같았다.

캐나다구스 롱 패딩은 그의 아들 민수가 사준 비싼 명품 롱코트다. 정호가 유별나게 추위를 타는지라 몇 년 전에 아들 민수가 뉴욕 출장 갔다가 돌아오는 길에 면세점에서 사 온 선물이다. 그의 아들 민수는 서울대학교 의과대학에서 신경외과를 전공하고 미국 존스홉킨스 대학에서 두뇌 활동에 관한 연구로 의학박사 학위를 취득한 재원이다. 지금은 한국뇌과학연구원에서 인간의 두뇌작용을 연구하고 있다. 정호는 아들 민수만 생각하면 도파민이 돈다. 삼류대학을 나와 평생 삼류 인생을 사는 처지에 과학고에 일류대학을 나온 수재를 아들로 두었으니 누구라도 그럴 만할 터다. 지능지수가 150이라 하니 천재라 해도 이의를 달 사람이 없겠지만 굳이 수재라 하는 뜻은 일종의 겸손을 고려한 처신이다. 아비가 자기 자식을 두고 천재라고 하면 시기한 나머지 누군가 그의 소중한 보물을 빼앗아 갈지도 모른다는 막연한 불안감이 없지 않았다. 귀한 자식을 똥개라고 부르던 옛날 옛적의 부모 마음이 그럴 것이다.

정호가 몸담은 영수당의 상징색이 빨강인데 올리브 드랩이란 자신의 외투 색깔이 생뚱맞다는 생각이 들었다. 정호는 정식 선거운동원이 아닌 자원봉사자여서 정당명과 후보 성명이 새겨진 빨간 점퍼를 입을 수 없었다. 그런 상황에서 아무런 문양이나 글자가 없는 밋밋한 빨간 점퍼를 굳이 입을 필요가 없을 것 같았다. 그런 생각에서 빨간 점퍼를 별도로 주문하지 않았다. 이제 날씨까지 이렇게 춥고 보니 그때 잘 판단했다는 생각이 들었다.

당협 위원장에게 생색을 내야 하는 사무장은 표시가 잘 나는 빨간 옷을 입길 바라는 듯했다. 정호는 자유로운 복장이 자연스럽다고 우겼다. 자원봉사는 동원됐다는 느낌이 없어야 하는 것 아닌가. 동원하고서 자원봉사라 부르는 것은 일종의 사기다. 정호가 여러 사람이 듣는 가운데 계속 고집을 부리며 토를 달자 사무장은 마지못해 건성으로 고개를 끄덕였다. 옷 팔자는 것도 아니고 세를 과시하자는 취지입니다. 꼭 빨간 옷을 강요하지는 않겠습니다. 그렇게 말하곤 더 이상 옷 문제를 거론하지 않았다.

사무장은 기초의원인 구의원을 했던 60대 남자로 내성적이고 꼼꼼한 편이었다. 그는 시의원, 구의원, 선거운동원, 자원봉사자 등을 모아놓고 선거법규에 관해 설명해주었다. 자질구레한 사항까지 세세하게 늘어놓았다. 기억력이 좋다고 자부하는 정호였지만 그걸 다 소화해낼 자신이 없을 만큼 구체적이고 구질구질했다.

눈을 감고 떠올려보니 기억에 남는 것이 거의 없었다. 자원봉사자가 할 수 있는 건 극히 제한적이라는 사실만은 확실했다. 곧이곧대로 법을 지키자면 자원봉사자는 그냥 바람잡이나 세몰이꾼 정도로 행동해야 했다. 시의원에 출마할 의향이 있는 정호는 선거운동원을 관리하고 지원하는 동네 팀장 역할을 맡았다. 사무장은 선거운동 성과를 평가해 차기 지방선거 공천에 반영하겠다는 위원장의 방침을 전했다. 그에 앞서서 공정 경선에 의한 공천을 수차례 천명한 사실이 무색해지긴 했다. 그런 앞뒤가 맞지 않은 모순된 내용에 대해 아무도 이의를 달지 않았다. 어차피 위원장 마음대로 할 것이란 사실을 잘 알고 있었기 때문이었다.

첫날이라 그런지 예상보다 많은 사람이 중앙네거리로 모여들었다. 다들 빨간 점퍼에 빨간 모자 그리고 빨간 장갑으로 무장하고 있었다. 게다가 마스크까지 쓰고 있으니 누가 누군지 구별이 되지 않았다. 정호만 유독 국방색 롱 패딩으로 두드러졌다. 정호는 순간 조금 당황했지만, 주관을 잃지 않고 일관성을 유지하기로 했다. 위원장이 인원 체크하듯 네거리 일대를 한 바퀴 돌았고 네 군데 코너에 자리 잡고 있던 빨강 무리가 그를 향해 일제히 고개를 숙였다. 해바라기가 따로 없었다. 위원장이 악수라도 청할라치면 머리를 조아리며 허리를 연신 굽실거렸다. 마스크를 내리고 확실히 눈도장을 찍는 영리한 사람도 있었다. 오합지졸처럼 웅성거리던 빨강 패거리 가운데로 우두머리가 나타나자 일제히 허리를 90도로 접는 광경은 가히 장관이었다. 정호도 위원장 앞으로 가서 허리를 굽혔으나 별 반응을 보이지 않고 지나가 버렸다. 눈도장을 제대로 찍지 못한 것 같아 뭔지 모르게 찜찜한 기분이 들었다.

돌싸움 11

당원협의회 위원장은 현직 국회의원으로 지방자치단체장과 지방의원의 공천에 막강한 영향력을 행사한다. 영수당의 공천이 곧 당선이 보장되는 이 지역의 특수한 사정으로 인해 공천권을 쥔 위원장은 슈퍼 갑 행세를 하는 절대 권력자다. 현직 지방자치단체장 및 지방의원 그리고 지방의원 지망생들은 그의 졸개 내지 수족이라 해도 과언이 아니다. 위원장은 생사여탈권을 가진 황제와 진 배 없는 존재다. 한번 웃어주기라도 하면 그저 황공하고 어쩌다가 얼굴이라도 찡그리는 날엔 좌불안석 한동안 불안한 마음을 털어버리지 못한다. 정치판은 초라하고 비겁한 인간의 본성이 적나라하게 드러나는 곳이다.

정호는 잔뜩 옷을 껴입은 채 펭귄처럼 이곳저곳 기웃거리며 존재감을 드러내려고 시도했지만, 반응이 영 신통치 않았다. 가끔 지나가는 차들을 향해 손을 흔들어 보았다. 멋쩍은 일이었다. 이게 과연 득표에 도움이 될까. 지나가는 사람들에게 세 과시 정도는 될 수 있겠지만 선거에 주는 영향은 거의 없다고 봐도 대과가 없을 듯하다. 후보자나 당대표의 한마디에 지지율이 출렁거리는 판에 이게 무슨 짓인지 몰라. 실언이나 말실수나 하지 않도록 조심하지, 이 엄동설한 강추위에 이렇게 모여 허리 아프도록 절하는 이유를 알 수 없다. 인터넷, 유튜브, 각종 비대면 방식이 즐비한 최첨단 디지털시대에 이런 원시적이고 해괴망측한 시대착오적인 유세는 끝내야 한다. 정호는 괜히 부아가 나 허공을 째려보기도 했다.

그럼에도 불구하고 다들 나름대로 열심히 시간을 때우고 있었다. 로고송에 맞춰 춤을 추는 것은 기본이고 횡단보도를 건너가다가 중간에 멈춰 서서 대기 중인 차들을 향해 절을 하기도 했다. 자신을 돋보이게 하려는 듯 돌출행위나 이벤트성 행동을 하는 사람도 눈에 띄었다. 어쨌든지 필사적으로 점수를 따보려는 몸부림이 우습고도 슬프다. 피에로? 그렇다. 피에로 같다는 생각이 든다. 아니다. 그런 생각은 피에로에 대한 모독이다. 피에로는 그래도 남들을 즐겁게 해주겠다는 직업정신이 투철하고 자기가 하는 공연에 대한 자부심이 대단하다. 개! 그렇다. 개가 딱 어울린다. 고기 한 점 얻어먹겠다고 꼬리를 치며 주인을 따라다니면서 갖은 애교를 떠는 개, 그들은 인간의 탈을 쓴 개다. 정호는 자신도 개라고 생각하니 비참한 기분이 들었다. 그래도 모두 다 받아들여야겠지. 수치와 굴욕을 견뎌낼 만큼 벼슬에 대한 미련도 만만치 않다. 비단 정호 뿐만 아니라 거기에 나온 모든 사람은 정해진 자기 자리를 지키며 지나가는 차들을 향해 고개를 숙이고 손을 흔들었다. 시간은 더디게 갔다. 아인슈타인의 상대성이론이 쉽게 이해되는 상황이다.

출근 시간대 유세 이후엔 동네별로 편을 갈라 움직였다. 정호도 선거운동원 5명을 배정받아 인솔했다. 동네 팀장이란 완장을 찬 셈이다. 선거운동원은 일당을 받는지라 프로페셔널하게 행동했다. 정해진 복장을 준수하고 주어진 시간 동안 캠프 사무장과 팀장의 지시에 충실히 따랐다. 오라고 하면 오고 가라고 하면 갔다. 피켓을 들고 서 있으라면 그렇게 서 있었다. 필요하면 구령에 맞춰 인사도 하고 손을 흔들며 로고송에 맞춰 율동도 했다.

캠프에서 지시하는 곳으로 피켓을 가지고 가서 운동원들에게 나눠주고, 끝나면 다시 회수하는 일이 팀장의 주 업무이다. 무엇보다도 중요한 일은 특정 시간에 지정된 장소에서 선거운동을 하고 있다는 것을 증명하는 것이다. 실시간으로 사진이나 동영상을 찍어 카카오 단톡방에 올리는 일이 그것이다. 팀장이 마음만 먹으면 사진만 올리고 커피숍에서 차를 마시거나 아예 선거운동원들을 일찍 집으로 보내줄 수 있다. 장차 있을 자기 선거를 생각한다면 그 지역의 유력한 유권자인 선거운동원들의 환심을 사는 일이 매우 중요하다.

정호도 좋은 게 좋다고 최대한 물렁하게 관리했다. 시의원 출마에 대비해 인심을 쓰고 점수를 따고 싶었다. 사진을 찍어 올리고 조금 걷다가 한적한 카페를 찾아 들어갔다. 너무 추우니 몸이나 좀 녹이자고 했다. 다들 환호를 질렀다. 치즈 케이크 한 조각과 뜨거운 커피를 한 잔씩을 돌렸다. 선거운동원들이 마스크를 벗고 얼굴을 드러냈다. 빨강 로봇 같았던 존재가 생동감 넘치는 이웃 아줌마로 돌아왔다. 정호는 다섯 명의 휴대폰 번호를 따서 입력시켰다. 그리고 간단히 자신을 소개했다.

은행에 근무하다가 명예퇴직한 사람인데 인근 동방아파트에 25년째 살고 있다. 옷깃만 스쳐도 인연인데 이렇게 만났으니 좋은 인연을 이어가자. 국가의 번영과 발전을 위해, 다수 국민이 원하는 정권 창출을 위해 함께 힘을 보태자.

뭐 그런 낯간지러운 말을 했다. 다들 손뼉을 치며 호응해주었다. 케이크와 커피 그리고 휴식에 대한 대가였겠지만 기분은 좋았다. 이 기분 때문에 정치하는지도 모른다. 정호는 정치인이 다 된 느낌이었다. 그냥 커피만 마시자니 썰렁한 것 같아 돌아가며 자기소개를 해보라고 했다. 그렇게 해봐도 이름과 사는 곳을 말하는 것이 고작이었다. 맞은편에 앉은 아담한 아줌마가 기침을 심하게 하는 것이 왠지 모르게 꺼림칙했다. 애써 내색을 하지 않는 척했지만 어색한 분위기가 은연중에 감지됐다. 정호는 다들 고생했다고 치하하고 선거운동을 마무리하고 귀가시켰다.

선거운동 둘째 날이 밝았다. 목이 잠기고 기침이 심하게 났다. 정호는 도저히 나갈 엄두가 나지 않았다. 그렇지만 그놈의 벼슬이 뭔지 쉽게 포기되지 않았다. 옷을 주섬주섬 걸치고 아침 유세

장소로 연락받은 달구네거리로 나갔다. 마스크에 모자, 장갑을 장착하고 캐나다구스 롱 패딩을 껴입어서 그런지 그런대로 견딜 만했다. 그런데 전날 기침을 심하게 하던 그 아줌마가 보이지 않았다. 그 아줌마는 개인 사정으로 빠지고 그 대신 다른 아줌마가 나온다고 사무장이 알려주었다. 팬데믹 역병에 감염된 거란 생각이 들었다. 다른 사람들의 생각도 대충 비슷했다. 그의 팀원 네 명은 겁먹은 표정으로 정호를 돌아봤다. 지은 죄가 있어 그런지 원망의 눈빛으로 읽혔다. 마스크를 벗은 채 케이크를 나눠 먹고 커피를 마시며 땡땡이를 친 탓에 역병이 옮았을 가능성이 있다는 생각이 엿보였다.

　아침 유세를 겨우 때우고 집으로 가서 아침밥을 먹고 동네 유세 약속장소로 나갔다. 마음 같아선 정호도 쉬고 싶었지만, 팀장을 맡아 마음대로 할 수가 없었다. 동네 전통시장 입구에 모이기로 했는데 시간이 지나도 아무도 나타나지 않았다. 가슴이 덜컥 내려앉았다. 사무장에게서 전화가 왔다. 나머지 팀원 네 명 모두 선거운동을 그만뒀다는 말을 전했다. 운동은 안 하고 카페에서 커피를 마신 일로 운동원들이 모두 팬데믹 역병에 감염된 것 같다며 그 책임을 따져 물었다. 정호는 뒤통수를 세게 얻어맞은 듯 한동안 멍하니 서 있었다. 정호는 바로 집으로 돌아와 전기 매트를 깔고 드러누웠다. 견딜 만하던 것이 자리보전을 하자 병증이 급속히 악화됐다. 발작적으로 기침이 났다. 열이 오르고 두통까지 심했다.

아내의 전화가 왔다. 목이 잠기고 기침이 난다며 몹쓸 유행병에 걸린 것 같다고 말했다. 그에게 옮았다고 짜증을 냈다. 정호에게 옮겨준 그 아줌마가 원망스러웠다. 아내는 가족 모두 즉시 보건소로 가서 검사를 받아봐야 한다고 단호하게 말하곤 일방적으로 전화를 끊었다. 머리털이 바짝 섰다. 정호는 아들 민수에게 즉각 연락을 취했다. 민수는 아직 별다른 증상이 없는 모양이었다. 그렇지만 검사는 받아보겠다고 했다. 그나마 다행이었다. 아마 반가를 내고 땡땡이치려는 의도일 수도 있지만.

보건소엔 검사를 받으려는 사람들이 줄을 서고 있었다. 이번 팬데믹 역병이 얼마나 기세를 떨치고 있는지 눈으로 직접 확인하는 광경이었다. 이번 팬데믹은 몇 년 전 창궐했던 코로나 팬데믹과는 비교도 안 될 만큼 강력하다고 했다. 거기 줄을 선 사람들은 일단 뭔가 증상이 나타났거나 확진자와 접촉한 사람들로 양성으로 판정될 확률이 매우 높을 것이었다. 검사에 종사하는 의료인들은 우주복을 입은 것처럼 완전무장을 하고 업무를 봤다. 서로 몸을 사리고 조심하는 모습이 역력했다. 정호와 그의 아내 그리고 아들 민수가 차례로 검사를 받고 함께 귀가했다. 확진 여부는 검사자가 너무 많은 관계로 그다음 날 아침에 나온다고 했다. 정호와 아내는 열이 나고 기침이 심해 각자 자기 방에 전기 매트를 깔고 드러누웠다. 아들은 감기 증세가 조금 있었지만 참을 만한지 친구와 통화를 하며 키득거렸다.

정호 가족 모두 양성 판정이 내려졌다. 정호와 아내는 걱정이 늘어진 반면 아들은 놀게 됐다며 철없는 아이처럼 좋아했다. 보건소에서 안내 문자 메시지가 날아왔다. 자택격리 조치와 주의사항 등 상세한 설명문이 빼곡히 들어있었다. 인근 종합병원에서 비대면으로 증상 추이를 관찰하고 문진하는 전화가 걸려왔다. 꽤 촘촘한 관리가 이루어지는 것 같았다.

정호는 당협 사무장에게 팬데믹 역병 확진 사실을 보고했고 아내와 아들도 각자 직장에 양성 확진 사실을 알렸다. 온 가족이 동시에 확진을 받으니 나름 편리한 점도 있었다. 가족 간 격리가 무의미해짐에 따라 외출만 불가할 뿐 다른 애로사항은 없었다. 약을 공급받는 일이 문제였지만 증상이 거의 없는 아들 민수가 마스크를 하고 지정된 약국으로 가서 약을 타 왔다. 그 과정에서 다른 사람에게 전염시킬 가능성이 있었지만, 그 정도 융통성은 어쩔 수 없었다. 팬데믹 바이러스와의 싸움은 곧 시간과의 싸움이었다.

나이 역순으로 병이 나았다. 모든 게 정상으로 돌아온 듯했다. 양성 판정을 받고도 의기양양 해하던 아들이 대낮에 낙담한 얼굴을 하고 집으로 들어왔다. 코로나 후유증이 심각하다며 머리를 쥐어뜯었다. 머리가 눈에 띄게 나빠졌다고 하소연했다. 특히 기억력이 엄청나게 감퇴했다고 걱정했다. 맡은 연구를 계속 수행하기 불가능할 정도로 지적 능력이 급격하게 하락했다고 주장했다. 정호는 아들의 말을 듣고 깜짝 놀랐다. 그러한 현상이 일시적인지 아니면 지속적인지 몰랐지만 잘못하면 지금까지 아들이 쌓아 올린 금자탑이 말짱 도루묵이 될 수 있다는 불길한 생각이 들었다. 눈앞이 깜깜했다.

학교에서 영어를 가르치던 아내도 급거 귀가했다. 아내는 잔뜩 겁먹은 얼굴로 아들 민수의 말에 공감하고 이해한다는 듯 일말의 의심도 없이 아들의 주장을 선뜻 수긍했다. 아내도 단어가 얼른 생각나지 않아 수업을 제대로 진행하지 못했다고 학교에서 당했던 상황을 소상히 이야기했다. 두통이 있을 뿐만 아니라 안개가 낀 듯 머릿속이 뿌옇다고 한숨을 쉬었다. 두려운 나머지 아무에게도 이야기하지 못하고 혼자 속을 앓았다고 울먹였다. 정호도 멍청해진 걸 느끼고 있었다. 슈퍼에 갔다 오다가 현관 비밀번호가 생각나지 않아 당황했던 일을 털어놓았다. 다행히 나오는 사람이 있어 들어오긴 했지만. 나이가 들어 나타나는 건망증 정도로 여기고 싶었지만, 아내와 아들이 역병의 후유증일 것이라고 추리하자 덜컥 겁이 났다.

정호와 아내는 이제 인생 막바지 단계로 접어든 만큼 최악의

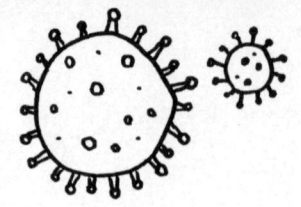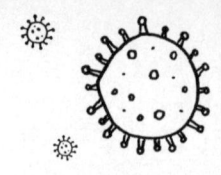

경우 머리가 나빠졌다고 하더라도 크게 답답할 건 없었다. 그렇지만 아들의 경우는 달랐다. 이제 한창 성과를 올려야 할 나이인 데다 종사하는 분야가 고도의 지능을 요하는 두뇌 과학 연구 분야인 까닭에 부모로서 걱정이 안 될 수 없었다. 그런 증상이 다른 사람에게도 나타나는 이번 유행 역병의 보편적 후유증인지 확인해볼 필요가 있었다.

한국뇌과학연구원에 근무하는 민수는 직장에서 뇌MRI, fMRI(Functional MRI) 등을 찍어서 그전에 찍어두었던 사진과 비교·분석해보았다. 그 결과 충격적인 사실을 발견했다. 뇌가 쭈그러들었을 뿐 아니라 시냅스의 활성화 상태가 떨어진 것을 확인한 것이었다. 민수는 몸이 얼어붙은 듯 한동안 멍하게 서 있었다. 함께 분석한 연구원들도 그 결과를 보고 경악하긴 마찬가지였다. 적어도 두뇌 기능이 30% 이상 하락했다는 분석 결과였다.

민수는 정신 줄을 놓고 있다가 본능적으로 집으로 도피해온 것이었다. 연구원에서 확인한 결과를 아버지와 어머니 앞에서 털어놓는 민수의 눈에 눈물이 맺혔다. 아내는 온몸을 벌벌 떨었다. 정호도 이 상황을 어떻게 극복해야 할지 몰랐다. 세상에 어떻게 이런 일이 있을 수 있나. 이 유행 역병에 걸렸던 다른 사람들도 모두 똑같은 후유증이 나타난단 말인가. 아니면 정호 가족이 걸린 역병에만 해당하는 부작용인가. 어쨌든 무서운 일이었다.

정호 가족이 역병을 앓고 난 이후 그 역병 바이러스는 방역망을 뚫고 미친 듯이 번져갔다. 대선을 통해 전염 속도가 한층 더 빨라진 듯했다. 거의 모든 국민이 팬데믹 역병에 걸렸다. 역병 바이러스는 변이를 거듭했다. 증상이 미미해 치사율이 낮긴 했지만, 전염성이 엄청나게 강한 데다 그 속도가 전광석화처럼 빨랐다. 무엇보다도 그 후유증이 치명적인 점이 정말이지 특별났다. 전 지구촌 사람들 그 누구도 이 악랄한 역병의 공격을 피해갈 도리가 없었다.

한번 걸렸다고 해서 면역이 생기는 것도 아니었다. 감염됐다가 회복 후 다시 걸리면 또다시 일정한 비율로 지능이 나빠진다고 했다. 그런 치명적이고 특이한 후유증으로 인해서 팬데믹 변이 바이러스는 온통 세상을 공포의 도가니로 몰아넣었다.

대선 개표 결과 여당인 영수당의 오세연 후보가 대통령에 당선됐으나 승리의 샴페인을 터트릴 상황이 아니었다. 대통령 취임식마저 생략할 정도로 팬데믹 역병이 불러온 재앙은 절망적이고 심각했다.

팬데믹 변이 바이러스는 중세의 페스트를 훨씬 뛰어넘는 인류

사의 대재앙이라고 떠들었다. 최단 시간에 전 지구촌을 덮친 점과 인류 역사를 거꾸로 돌려놓은 점에서 지금까지 한 번도 경험해보지 못한 전무후무할 새 역사를 써 내려갔다. 팬데믹 변이 바이러스는 가히 역병의 끝판 황제라 칭할 만했다. 정호와 그 식솔들은 2차 감염을 회피하기 위해 외부와의 접촉을 최대한 차단했다. 그 증상이야 시간이 지나면 곧 낫는 것이었지만 두뇌의 2단계 퇴화가 치명적인 결과를 가져올 것이라는 사실을 인식하고 있었기 때문이었다.

2단계 퇴화로 두뇌 기능이 대략 49% 이하로 떨어진다면 인간다운 생활이 불가능할 터였다. 그러나 상황이 아무리 악화한다고 해도 또 거기에 신속히 적응하는 것이 또 인간이었다. 두뇌가 퇴화하면 그 범주 내에서 사고하고 느끼기 때문에 어쩌면 생각만큼 끔찍하고 불행한 삶이 아닐는지도 모른다. 모두 다 같이 머리가 나빠지는 상황이다 보니 상대적인 열등감이나 상대적 박탈감이 생길 여지가 없을 것이니까.

직장에서 기존 방식으로 업무를 수행할 수 없지만 모두 똑같은 조건에서 일하고 경쟁하다 보니 다른 사람보다 업무수행능력이 떨어져 직장을 잃는 일은 없을 터였다. 다만 직장 자체가 무용하게 된다면 직장 폐쇄가 불가피한 일일 것이다, 도미노처럼 연쇄적으로 직장 폐쇄가 발생한다면 유례없는 대량실업으로 이어질

건 불을 보듯 뻔했다. 그래도 교사라는 자리는 충분히 안정적인 직장이었다. 아내는 아는 만큼 생각해내고 생각나는 만큼 가르쳤다. 예전보다 교사 생활이 훨씬 수월해졌다고 볼 수도 있었다. 민수는 한국뇌연구원에 나가긴 했지만 새로운 연구는커녕 예전 연구논문을 해석하고 이해하는 일도 힘들었다. 날이 갈수록 일이 힘에 부치고 성과는 없었다. 다른 연구원들의 사정도 비슷하여 직장 폐쇄가 불가피한 상황이었다.

모두 나름대로 용을 쓰고 있었지만, 상황은 더욱 나빠져 갔다. 역병의 후유증이 각종 연구원과 대학의 인력을 무용지물로 만들었다. 제4차 산업혁명은 물 건너가고 기존 산업마저 맥없이 무너져 내릴 상황이 돼 가는 듯했다. 자기가 쓴 기존 연구논문도 이해하지 못하는 마당이라 학문의 진전은 거의 불가능해졌다. 물리학, 화학 등 기초과학뿐만 아니라 공학, 의학 등 응용과학 부문도 점차 무력화됐다. 우주연구원과 국방과학연구원도 연구 수준이 급전직하로 추락해 곧 문을 닫아야 할 판이었다. 첨단 무기가 사라지고 핵이 사라지는 것도 시간문제였다. 모든 부문의 전문가가 비전문가로 변모했다. 인터넷도 연결되지 않고 끊어졌다. 각종 소프트웨어 개발과 운용은 중단됐고, 스마트폰, 전기차, 로봇, 반도체 등의 첨단 연구인력은 언감생심이고, 공장의 생산 레인을 돌릴 수 있는 수준의 기술 인력마저 무력화되는 상황이 전염병만큼이나 빠른 속도로 번졌다.

한국뇌과학연구원도 마침내 문을 닫았다. 가장 유능한 재원 중 한 명이었던 민수도 실업자가 됐다. 아들 민수의 실직에 충격을 받아 정호는 종일 멍하니 천정만 바라보았다. 정호는 한동안 정신 줄을 놓고 살았다. 교육수준이 한참 떨어졌지만, 학생을 지속적으로 가르쳐야 하는 관계로 학교는 계속 문을 열었다. 아내는 겨우 실업을 면한 셈이다. 그렇지만 정년이 얼마 남지 않은 터라 실직을 면한 일이 별 의미를 갖진 못했다. 놀기 삼아 당협 사무실에라도 나가보라면서 아내는 넋을 놓고 있는 정호를 밖으로 내몰았다. 코로나 재감염 확률은 높아지겠지만 생기와 활력을 찾는 일이 더 급하다는 판단에서였다. 정호는 방독면을 머리에 덮어쓰고 당협 사무실로 나갔다.

정호는 역설적으로 머리가 나빠진 후에야 비로소 정치판의 진상을 바로 알게 되었다. 팬데믹 변이 바이러스 때문에 다들 머리가 나빠져 뭐가 뭔지도 모르고 말을 함부로 한 덕분이었다. 당협 사무실에 마지못해 나가는 동안 면종복배, 후안무치, 뒤통수 때리기, 비비기, 돈질 등 추한 모습을 직접 목격하기도 하고 듣기도 했다. 그렇지만 그런 것도 오래가지 못하는 극한상황이 곧 닥쳐왔다. 똑똑한 당협 위원장이 먼저 무너졌다. 대인 접촉이 많았던 관계로 남보다 먼저 2차 감염을 겪은 후 두뇌 기능이 49% 이하로 떨어져 도저히 의원직을 수행하지 못하고 집에서 짐승처럼 생활하는 처지가 됐다. 지방의원과 당협 직원들도 모두 2차 감염의 희생양이 돼 정상적인 생활이 불가능하게 됐다. 이에 따라 당협 사무소도 문을 닫았다. 운 좋게도 정호만 2차 감염을 피한 셈이다. 방독면 덕분인 듯했다. 다른 지역 정치판도 역병으로 인해 모두 전을 거뒀다. 정치판을 평정한 팬데믹 변이 바이러스는 행정부와 사법부로 옮아갔다. 마침내 국가 통치시스템이 소멸하고 국가 조직마저 무너졌다.

석유 채굴이나 정유마저 팬데믹을 극복하지 못하고 모두 폐쇄됐다. 원자력발전에 이어 화력발전, 수력발전 등이 차례로 중단됨에 따라 자동차, 기계 등 모든 동력 장치가 일제히 멈춰 섰다. 첨단 빌딩, 각종 장치와 시설물 등 인류 문명이 만들어낸 다양한 하드웨어도 인간 두뇌의 퇴화와 소프트웨어의 소멸로 인해 빠른 속도로 무용지물이 돼 갔다. 도시의 아파트에 사는 일도 불편해졌다. 사람들은 산이나 숲속에서 통나무집을 짓고 장작불을 피워서 밥을 짓고 난방을 하는 생활을 모색하기 시작했다. 동굴을 파서 집으로 사용하는 선각자도 나타났다. 동굴이 난방과 방범에 유리한 측면이 있었다. 도시를 탈출해 자연으로 돌아가는 행렬이 줄을 이었고 사람이 떠난 도시는 유령도시로 변해 갔다. 정호도 가족을 이끌고 시골 산기슭으로 들어갈 마음의 준비를 하고 있었다.

팬데믹 변이 바이러스 감염자가 거듭해서 다시 감염되는 상황이 속출하고 그 후유증으로 두뇌가 또다시 가속을 받아 쭈그러들었다. 역사의 수레바퀴가 거꾸로 돌아갔다. 인류 문명이 원시를 향해 질주해갔다. 원시생활로 돌아갈 생각을 하면 소름이 돋았다. 그런 생각과 예측마저 사치일 수도 있는 내일의 상황이 끔찍할 따름이었다.

그런 암울한 상황 속에서도 인간의 응전은 끊임없이 이어지고 있었다. 우주선을 타고 지구를 탈출하려는 '노아의 방주 계획'도 사전 준비가 부족한 데다 전문 인력을 구하지 못해 추상적 계획만 세우곤 맥없이 끝나버렸다. 바다 밑이나 첩첩산중에 청정공간을 만들어 피난 가는 일도 계획되었지만 시기를 놓친 탓에 자재와 물자 및 인력이 부족해 성공하지 못했다.

팬데믹 변이 바이러스의 공격으로 생긴 후유증의 결과는 놀랍도록 무자비하고 말로 표현할 수 없을 정도로 참담했다. 그동안 쌓아온 인류 문명을 깡그리 무너트리고 진화의 방향을 완전히 거꾸로 돌려놓았다. 인류가 멸망할 것이라는 극단적인 예측이 점차 힘을 얻어갔다. 다만 그 파멸의 근원이 어디에서 유래한 것인지, 누구의 의지에 의한 것인지에 대한 근거 없는 추측과 억측만이 난무할 따름이었다.

말세론, 종말론이 횡행하고 신의 마지막 심판이 임박했다는 풍문이 돌았다. 각종 종교시설에 사람이 모여들었다. 엄청난 죄를 지었고 수많은 업보를 쌓아왔다며 부디 그동안 지은 죄를 용서해 달라고 빌었다. 회개하기엔 때가 너무 늦었지만, 그래도 용서를 빌어보는 것이 약삭빠른 인간의 본성일까. 대재앙 속에서 죽어가는 인간을 구원해줄 구세주를 보내 달라고 신에게 기도하는 인파가 구름처럼 교회로 몰려들었다. 그 와중에 사이비 종교들도 우후죽순처럼 생겨났다.

역병 바이러스는 눈에 보이지 않았으나 숨결 속에 깃들어 있었고, 바람을 타고 끊임없이 퍼져갔으며, 악마의 소명을 실천하기라도 하듯 인간의 뇌를 마구 갉아먹었다. TV도 스마트폰도 인터넷도 모두 신화 속의 유물이 됐다. 인류의 과학을 집대성한 다양한 공식들은 풀리지 않는 수수께끼가 됐고 언어마저 극히 단순하게 변모해 갔다. 복잡한 사고는 사라졌고, 지식보다 경험, 이성보단 감성, 머리보단 주먹이 더 유용한 세상이 펼쳐졌다.

계급은 두뇌가 아닌 체력을 기준으로 재편됐다. 체력은 근육량과 완력이었고, 맨주먹으로 자신을 지키고 적을 쓰러뜨릴 수 있는 능력이 곧 힘이었다. 대도시는 사람들이 떠난 텅 빈 콘크리트 숲으로 전락했고 그 거푸집 위에 새로운 무리가 둥지를 틀었다. 그 가운데 대장이라 불리는 리더가 나타났다. 그는 전직 격투기 선수였다. 타고난 운동신경과 강철같은 근육을 소유한 데다 승부 욕이 매우 강한 자였다. 그는 약육강식의 세계에서 단연 돋보였다.

대부분 말을 아꼈다. 말을 하기보다 힘을 보여주는 편이 훨씬 더 효과적이었다. 주먹이 진실을 입증했다. 과거의 책은 잘 해독되지 않았고 새로운 지식의 축적은 언감생심이었다. 기억이 짧아 경험마저 제대로 쌓이지 않았다. 사람을 만나면 근육부터 봤다. 육체의 힘이 법이고 정의였고 유일한 언어이자 진리였다. 문자는 점점 불가사의한 유물로 변해 갔으며 손쉬운 그림이 대세로 자리 잡아 갔다. 아이는 손가락으로 모래 위에 얼굴을 그렸다. 금세 얼굴 그림이 바람에 날려 지워졌다. 그림이 바람보다 약했다. 아이는 그림 문자를 그리다가 팔굽혀펴기를 했다. 옆에서 구경하던 다른 아이도 그를 따라 팔굽혀펴기를 했다.

대장은 텅 빈 고층건물의 꼭대기 바로 아래층에 자리를 잡았다. 꼭대기 층은 경계 망루로 사용했다. 대장의 자리를 노리는 자가 많아 층마다 부하 무리를 배치해 안전을 지키고자 했다. 그는 한때 종합격투기 챔피언이었다. 그는 육체적으로 매우 강했고 역병에 덜 걸렸던 덕분인지 두뇌 퇴화도 심하지 않아 나름 똑똑한 축에 속했다. 그는 반항하는 자들을 가차 없이 응징했다. 사람들은 순종의 의미로 그에게 머리를 숙이고 무릎을 꿇었다,

정호는 전날 머루를 따라 나갔다가 알게 된 정보를 대장에게

알려주고 싶었다. 발목을 접질려 걷기가 힘들었지만 절뚝거리며 수많은 계단을 올라가 대장을 만났다. 산을 넘어가면 큰 무리가 사는 마을이 있는데 먹을 것이 풍부하고 어린아이들과 쓸만한 여자들도 많다고 보고했다. 대장은 말없이 주먹을 들어 올렸다. 그건 출정을 의미했다.

새벽에 출정했다. 스산한 발소리가 조용한 숲을 깨웠다. 대장이 선봉에 서고 정호의 아들 민수가 길잡이로 나섰다. 서른 명의 전사들이 줄지어 따라갔다. 과연 꽤 큰 마을이 산기슭에 있었다. 아마 그 전부터 농사짓고 살던 농민들이 그냥 거기서 그렇게 눌러사는 모양이었다. 장정 두 명이 허술한 원두막 위에서 보초를 서고 있었다. 한 명은 자는 듯했고 다른 한 명은 앉아서 졸고 있었다. 대장은 돌을 던져서 조는 보초의 머리를 맞췄다. 보초 하나가 원두막 아래로 기절해 굴러떨어졌다. 자는 보초는 입을 틀어막고 원두막 기둥에 묶어두었다.

대장이 주먹을 쥐고 높이 쳐들었다. 외곽부터 한 집씩 차례로 제압해 나갔다. 훈련되지 않은 농민은 갑작스러운 기습에 저항도 제대로 못 해보고 무너졌다. 큰 인명 피해 없이 한 마을을 완벽하게 정복했다. 대장은 젊은 여자들과 아이들을 포로로 잡았고, 소, 닭, 돼지 등을 비롯한 가축들, 곡물, 말린 고기 등 노획물을 빼앗았다. 정호는 공로를 인정받아 돼지 한 마리, 닭 한 마리, 말린 소고기를 포상으로 받았고 그의 아들 민수는 대장의 측근으로 들어갔다.

아내는 말린 소고기를 구웠다. 오랜만에 먹는 소고기라 그런지 입에 착 달라붙었다. 정호는 피비린내를 삭이며 고기를 잘근 질근 씹었고 아내는 무표정하게 갈비를 들고 거칠게 살을 뜯었다. 그 와중에도 아들은 출입문을 힐끗거리며 경계를 풀지 않았다. 아들의 눈은 날카롭고 빠르게 움직였고 마치 감정이 제거된 듯 차가웠다. 그 눈빛 속에 사라진 세상이 숨어 있는지도 몰랐다.

남자는 사냥이나 수렵에 종사하고 여자는 농사를 짓거나 숲으로 들어가 머루. 산딸기, 다래 등을 채집하거나 도라지, 칡, 더덕

따위를 캐왔다. 사내들이 멧돼지를 메고 의기양양하게 마을로 들어왔다. 오랜만에 큰 짐승을 잡아 온 터라 마을 사람들이 손뼉을 치며 춤을 췄다. 부락민들이 모두 공터에 모여 불을 지피고 멧돼지를 구웠다. 아낙들은 밭에서 따온 깻잎

과 상처를 내왔다. 아이들은 신이 나서 불 주변을 돌며 신나게 춤을 추었다. 고기가 다 굽히길 기다리던 사람들이 하나둘 일어나 아이들을 따라 춤을 추며 괴성을 질렀다.

일단의 함성이 춤과 괴성을 삼켰다. 이웃 마을의 장정들이 함성을 지르며 쳐들어왔다. 목에는 돌멩이를 가득 채운 큰 자루를 걸고서 양손으로 돌멩이를 던지며 돌진해왔다. 마을은 순식간에 아수라장으로 변했다. 멧돼지 고기를 포식하려던 소박한 꿈은 산산조각이 났다. 여자와 아이를 제외한 마을 사람들이 돌에 맞아 피를 흘리며 쓰러졌다. 힘센 장정들이 여럿 있었지만 제대로 싸워보지도 못한 채 무릎을 꿇었다. 돌에 맞아 피투성이가 된 사람들의 신음소리가 여기저기서 들려오는 가운데 울음을 참지 못하고 간간이 새어 나오는 낮게 깔린 흐느낌이 힘없는 자의 설움을 토로하는 듯 처연했다. 목숨이 붙어 있는 남자들을 찾아내어 돌로 머리를 내리찍었다. 마을을 완전히 평정한 후 침략자들은 멧돼지와 양식을 약탈하고 여자들과 아이들을 북어 엮듯이 밧줄로 묶어서 끌고 갔다.

하늘이 높고 새털구름이 떠다녔다. 문득 조약돌이 바람을 타고 날아왔다. 오, 그렇지. 돌팔매질하기 좋은 날이야. 동네 아이들은 신이 나서 너도나도 돌멩이를 던졌다. 허공을 가르던 돌멩이가 개울로 떨어져 내렸다. 그뿐이었다. 잠시 침묵이 흘렀다. 누군가 돌싸움이나 하자고 제안했다. 아이들은 약속이나 하듯이 둘로 갈라섰다. 아랫마을 아이들은 개울 건너로 건너가고 윗마을 아이들은 그 자리에서 돌을 주워 주머니에 넣었다. 건너간 아랫마을 아이들도 작은 돌멩이를 주워 모으고 있었다. 아이들은 조준도 하지 않은 채 하늘을 향해 무작정 돌멩이를 힘껏 날렸다. 창공을 가르며 높이 치솟던 돌멩이가 이내 개울로 떨어졌다. 아이들은 조금 각도를 낮춰 다시 돌멩이를 힘껏 던졌다. 그러자 돌멩이가 개울을 넘어와 아이들 발치에 떨어졌다. 그런 와중에 돌멩이 하나가 포물선을 크게 그리며 개울을 건너 낙하해 왔다. 멋진 포물선에 취해 바라보는 동안 돌멩이는 여지없이 한 아이의 머리를 가격했다. 돌에 맞은 아이의 머리에서 피가 흘러내렸다. 비로소 돌싸움에 불이 제대로 붙었다. 머리에서 피를 흘리는 아이들이 하나둘 늘어갔지만, 아이들은 돌싸움을 계속했다. 돌멩이가 개울 위에 걸린 허공을 어지러이 날아다녔다.

끈끈이주걱

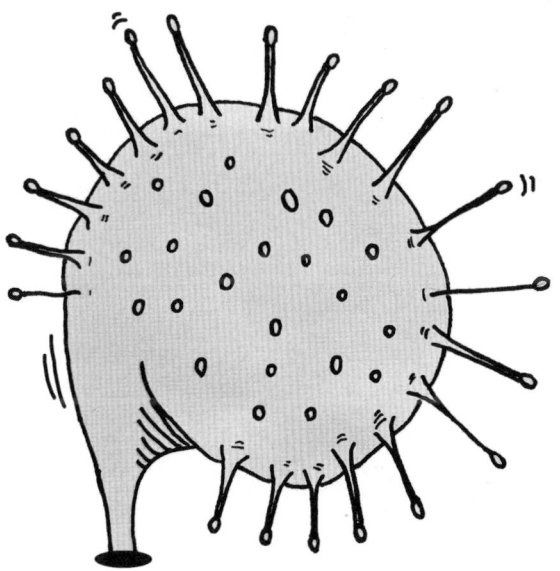

 처음엔 믿고 싶었다. 아니, 믿고 싶어서 끊임없이 자기최면을 걸었다. 민정에게 다가온 그가 운명이고 사랑이라고 믿고 싶었다. 지금껏 흘린 피와 땀을 보상해줄 신의 선물이라고 믿고 싶었다. 오랫동안 외로움과 고독 속에 고군분투했기에 그런 생각이 들었을 법했다. 금빛으로 장식된 은퇴 후에 찾아온 공허감과 사회와 괴리된 혼자만의 서툰 감정을 이해하고 받아줄 누군가가 필요했다. 그 빈틈을 그가 파고든 셈이었다. 그 타이밍이 너무 절묘했다. 그는 외로움과 무료함을 꿰뚫어 보았고, 그 감정의 골을 헤집고 들어왔다.
 부끄러운 꿈같은 지난 일들을 되돌아봤다. 그녀는 바보 중의 바보였다. 그녀는 사랑을 찾았다는 착각으로 열심히 살아온 대가라는 환상에 사로잡혔다. 뛰어난 비주얼, 땅 부자의 아들. 최고급 명품 승용차 등 그의 화려한 뒷배가 눈을 가렸다. 그 모든 게 황

당한 거품이고 허무맹랑한 모래성이라는 진실 앞에 맞닥뜨리자, 분노보다 참담한 부끄러움이 앞서 밀려왔다. '어떻게 그런 유치 찬란한 거짓말을 믿었지?' '그 코미디 같은 일을 두고 세상 사람은 얼마나 비웃을까?' '이제, 앞으로 어떻게 살아갈까?' 그 감당할 수 없는 절망감은 말로 표현할 수 없을 정도였다.

그녀는 사회 물정을 전혀 모르는 우물 안 개구리였다. 태권도에 올인한 운동선수였을 뿐이었다. 경기장에선 치열하게 싸우면서 쌓아 올린 신념이 있었다. 거짓이 없는 세상, 실력만이 통하는 세상을 믿었다. 하지만, 그녀는 이용당했고, 속았고, 허망하게 무너졌다. 그녀를 신뢰한 선량한 팬들이 그로 인해 큰 피해를 봤다는 사실이 그녀에게 큰 상처를 줬다. 게다가 수많은 사람이 그녀의 행태를 비웃고 손가락질하는 상황은 정말이지 도저히 참기 힘든 고문이었다.

천 길 낭떠러지가 그녀의 앞길을 가로막았다. 눈앞이 캄캄했다. 명예를 회복하고 일상에 복귀하는 일은 거의 불가능해 보였다. 그녀가 걸어온 길, 그녀가 살아온 세월, 그녀가 소망한 꿈. 그녀의 기억 속에 남은 추억, 그 모든 것이 눈을 끔벅이며 가쁜 숨을 내쉬고 있었다.

바다는 언제나 사람의 마음을 사로잡았다. 눈을 가늘게 뜨고 햇살에 반짝이는 바다를 바라봤다. 카페는 동화 속의 성처럼 바닷가 언덕 위에 그림 같은 자태를 뽐냈다. 커피는 뒷전이고 하늘과 맞닿은 수평선을 배경으로 사진 찍기에 다들 바빴다. 분위기가 그러하니 감히 피해갈 용기 있는 사람은 거의 없었다. 카페 테이블로 들어가기 전에 줄을 섰다가 사진부터 찍고 커피를 주문하고 비로소 자리에 앉는 것이 무언의 약속처럼 지켜졌다. 정민도 엉거주춤 줄 뒤에 섰다가 반사적으로 뒤를 돌아다 봤다. 민정이 살짝 웃으며 다가왔다. 그녀의 왼손을 당겨 살짝 앞에 끼워 넣었다.

오빠. 여기 진짜 예쁘다. 바다는 언제 봐도 질리지 않아. 어떻게 보면 볼 게 하나도 없고 늘 그게 그건데, 오빠, 안 그래?

그렇지. 늘 변함 없이 그런 게, 기특하지 않아? 변함없이 받아 줄 것 같지만, 사실 무서운 놈이야. 무심한 듯, 든든한 듯 보여도 그게 다 속임수라니깐. 저 유유자적하는 모습에 다 꼬시키는 거야. 아무것도 모르는 척, 관심도 없는 척, 납작 엎드려 있다가 상대방이 방심하는 순간, 꿀꺽 삼켜버린다니깐.

오빠, 너무 무섭다! 그런 말 하지 마. 오빠, 오빠랑 바다를 보니까, 바다가 더 예뻐 보이지 않아? 안 그래?

헐, 니 말이 정답이네!

오빠, 벌써 우리 차례야. 내가 찍을게. 치즈! 원, 투, 쓰리!

빈자리가 세 군데 남아 있었다. 실내 디자인도 서울의 일류 카페 못잖았지만 전 좌석이 바다가 보이는 오션뷰였다. 정민은 민정을 돌아보며 좋은 자리를 골라보라며 눈짓을 보냈다. 역시나 창가에 가까운 구석 자리를 선택했다. 민정은 셀카부터 찍기 바빴다. 세 장을 찍고 나서야 눈동자가 정상으로 돌아왔.

대충 감 잡았어, 창가와 구석이 기준이지.

오빤 모르는 게 없어. 심리학을 통달했나 봐.

헐, 무슨 터무니없는 말을!

아니면, 눈치가 빠른 건가?

아무러면 어때. 아임 노 관심.

헛발질도 못하남.

금메달 태권소녀가 헛발질은 안 되지, 하하.

말 되네.

민정이 블루마운틴 핸드드립을 주문하자, 정민은 파나마 게이샤 핸드드립을 선택했다.

오빤 역시 세련이야! 나도 파나마 게이샤로 바꿀래.

오케이. 커핀 루왁이니, 블루마운틴이니 해도, 역시 파나마 게이샤지.

근데 파나마 게이샤를 파는 곳이 잘 없어서… 오빤 여기서 파나마 게이샤 파는지 어떻게 알았어?

메뉴판에 있잖아!

그렇네. 오빠, 빵 좀 먹을까?

좋을 대로. 난 이런 후진 곳에선 잘 안 먹지만, 정아가 원한다면 미투지.

듣기는 좋은뎅…

듣기만 좋을까. 어떤 걸 사줄까?

와플이랑 파르페.

일단 먹어보고 더 먹든지 할까. 주문하고 올게, 사진 찍으면서 좀 기다려 봐.

정민은 성큼 일어나 바구니에 와플을 골라 담은 후 카운트로 가서 주문을 내더니 지갑에서 현금을 꺼내 결재를 했다. 핑크빛 가운을 입은 눈 큰 카운트 여직원이 웃음을 흘리며 유난스럽게 친절을 베푸는 듯 보였다. 그의 큰 키와 날씬한 몸매, 흰 얼굴이 더욱 돋보였다. 조금 전까지도 파란 하늘이었는데, 언제 어디서 온 건지 잿빛 구름이 여기저기서 진을 쳐 갔다.

핸드드립이라 조금 기다려야 할 거야.

오빠 어딜 가나 빨간불이야. 여자들이 다 눈을 돌린다니깐, 꼴에 눈은 높아 가지곤… 돌려차기로 한 방 먹이고, 다시 내리찍을까 보다.

고정하시옵소서, 공주마마. 아랫것들에 신경 끊어도 좋습니다.

한눈 팔았다간, 바로 죽어! 내 특기가 들어찍기야, 알고 있겠지. 모르면 갈켜주고.

민정은 두 주먹을 들고 대련 자세를 취했다.

아임 노땡큐!

정민은 긴 허리를 연신 굽신거리며 두 손을 모았다. 반려견을 데리고 온 부부가 테라스로 나가자 재빨리 화제를 바꿨다.

여기 테라스가 좋아서 반려동물 데리고 오기 딱이네. 정아, 반려견 키우나?

반려사람남자가 많아서 시간이 안 나.

저 자신감은 들어찍기에서 나오나.

뒤후려차기에서 나올걸, 폼이 죽인다나, 코치 말에 의하면.

마침 진동벨이 울리고, 정민은 용수철처럼 일어나 주문한 커피와 파르페, 와플을 들고 돌아왔다.

오빠, 순발력 좋네. 롱다리에 그 순발력이면 태권도 해도 잘하겠는데.

스포츠는 그냥 취미 정도로 만족해. 그 이상은 과욕이랄까. 우리 아빠도 그 이상 허용 안 해. 원숭이는 나무에서 떨어져 죽는다나. 몸 하나 잘 건사하면서, 그냥 물려받게 될 당신 재산이나 잘 지키라는 뜻이겠지. 그러니 몸을 쓰거나 부상 위험이 큰 스포츠는 질색하시지. 그냥 건강 관리 차원에서 운동하는 것 이외엔 노땡큐셔. 왕짜증이야. 파파 이즈 꼰대, 아임 노꼰대,

오빠, 아직 아빠 그늘에 갇혀서 살아? 성인인데 너무한 거 아니야?

한심하지. 나도 알아. 그렇지만 그래도 아빠가 땅이 많으니 내가 참아야지 어떡하겠어. 어쨌거나 무사히 물려받기 전엔 납작 엎드려 있어야지. 아빠 화나면 엄청 무섭거든. 여차하면 장학재단에 다 기부하는 수가 있거든. 땅 많은 게 거추장스럽기도 하지만, 또 그게 탐나기도 하거든. 아임 이중인격자.

오빠, 그런 걸 두고 호강에 받쳐서 요강에 똥 싼다고 하는 거야. 호호. 숙녀가 너무 험한 말을 했나?

아니야, 나도 그렇게 생각하는데…, 뭐. 말이 나왔으니 하는 말이지만, 아빠의 많은 땅이 정말 큰 짐이고, 숨 막히는 건 사실이야. 정말 피곤해. 내가 모은 내 재산도 아니고, 그냥 갖고 있다가 내 자식에게 물려줘야 하는 애물단지야.

그렇게 부담스러우면 아예 다 포기하고 독립하지. 나도 도와줄게.

그게 말처럼 쉽지 않아. 넌 남의 일이니까 그리 쉽게 말하지, 직접 당해보면 아마 완전히 다를 걸. 재물이 요물이라니깐.

그럼 아빠 재산이 없다고 생각하고 비즈니스에 올인하는 건 어때? 나도 오빠랑 함께 뛸 마음이 있거든. 내가 오빠보다 나이가 세 살이나 많고 키도 작지만, 그래도 엄청 빠르다. 나, 올림픽에서 금메달 딴 사람이야!

나도 잘 알지. 내가 널 그냥 좋아하겠어? 넌 세계 최고이고, 성공한 사람이야. 유명 셀럽에 비주얼도 좋고, 잘만하면 비즈니스 밑천으로 짱이야.

오빠가 칭찬하니까 기분이 나쁘지 않은데, 오늘 기대해도 될 것 같다.

오, 예! 어쩐지 어제 꿈이 좋았어! 지금 바로 갈거나?

이런! 뭔 말을 못해. 이제 겨우 마음을 열랑말랑 한데, 벌써 껄떡거리고 있어. 내가 널 껄떡쇠로 불러야겠다. 어이 껄떡쇠!

아니, 오빠에서 갑자기 무슨 껄떡쇠? 나이가 어려도 나도 남잔데…, 그냥 부르던 대로 오빠라 불러줘. 3년 차이는 별거 아니고, 내 키가 니보다 무려 20센티나 큰데, 호칭 문제는 그냥 넘어가자. 정아, 제발!

껄떡쇠, 비즈니스 구상 함 말해 봐. 마음에 들면 다시 오빠라 불러줄게.

방금 줄 것처럼 말해서 지금 가자고 했지. 내가 먼저 껄떡거린 건 아니다.

그건 내 맘이거든, 껄떡쇠야.

이야, 이거 너무 한 거 아닌가?

억울하면 생각나는 비즈니스 콘텐츠 한번 읊어봐. 60점만 넘으면 봐주지.

참나, 갑자기 무슨 비즈니스? 그게 무슨 애 이름인가?

껄떡쇠, 말이 많네. 그냥 아빠 따까리 하며 살아라. 니 아빠, 건강 관리 엄청 잘 하신다면서? 니보다 오래 살 수도 있다는 건 모르나?

헐! 어떻게 그런 끔찍한 말을!

껄떡거릴 때가 아닐 걸. 정신 좀 차리라고.

음, 그렇게 나온다면 할 수 없지. 나도 반격할 수밖에.

반격해봐. 하나도 겁 안 난다.

갑자기 떠오른 아이디어인데, 태권도 학원 체인 사업을 하면 어떨까? 안민정금메달태권학원, 뭐 그런 거.

오, 제법인데! 프랜차이즈 말이지? 살짝 말 되는데. 얼핏 생각해봐도, 잘 될 것 같다. 80점 줄게, 정민 오빠!

아이고, 힘들다. 겨우 본전이네.

오빠, 근데 사업 복안은 있어? 디테일이 중요한 건 알지.

벌써 디테일한 복안이 나오나?

생각의 속도가 빛보다 빠르다는 거 모르나. 생각한 사업 아이디어의 기본 골격이 있을 거고, 거기에 살붙이면 바로 마스터플랜과 디테일이 쏟아져 나오는 거 아닌가? 나를 만나고 나서 태권도 학원 프랜차이즈 같은 사업을 잠재의식 속에서 구상했을 수 있잖아. 말 나온 김에 가는 데까지 가보자. 대강이라도 말해봐. 쫑크 절대 안 줄 테니까.

요즘 대세가 플랫폼 아니면 프랜차이즈니까, 별로 새로운 이야기도 아니지. 아직 태권도 도장 쪽에 프랜차이즈나 체인이 없는 것 같아 생각해본 거야. 아마 큰돈을 투자할 사람이 없는 탓이겠지. 태권도는 일단 폼이 멋있고 홍보단의 쇼가 화려하니 잘 먹혀들 거야. 미국이나 남미 일부 국가 등 태권도가 인기 있는 나라로 수출해도 괜찮을 것 같아.

좋은 아이디어네. 계속 구체적으로 생각해봐. 잘 될 것 같은 예감이 드네. 문제는 돈하고 사람인데. 돈은 니 차지고, 사람은 내가 맡아야겠지. 니 아빠 재산이 얼마고? 투자 좀 하려나?

아빠 재산이야 수천억이지, 땅값이 많이 올라 조 단위일지도 몰라. 근데, 대부분이 땅이라 현금화하기가 어렵다고 봐야지, 아빠가 보수적이라 위험한 신규 사업에 투자할 것 같지도 않고, 내가 물려받지 않는 한, 거의 불가능하다고 봐야지. 내 비즈니스에 아빠 찬스는 없어. 아임 독고다이.

호호. 재미있네. 안되는 걸 되게 하는 게 실력이지. 그냥 아빠 돌아가시기만 기다릴 순 없잖아.

투자설명회를 해서 투자자를 모집하는 것도 좋은 방법이지.

오빠, 그게 말이 쉽지. 남의 돈을 끌어모으기가 그리 쉽겠어?

다들 돈 버는 덴, 빠꼼한 선수들일 텐데…

세상에 쉬운 게 어디 있겠어. 가능성만 보이면 미친 척 밀어붙이는 거지. 금메달 정신, 어디 놀러 갔나?

금메달 정신? 벌써 삭았어. 그게 언젠데. 벌써 십 년이 다 돼가네.

그래도 그게 어디 가나. 썩어도 준치라는데…

땡큐. 만약 결혼한다고 하면 재산 좀 떼서 주려나?

하하. 니하고? 하하. 살 집 정도는 장만해 주겠지.

니네 아빠, 지병 같은 건 없나?

어허, 그건 선 넘는 건데… 숙녀가 너무 노골적인 거 아닌가. 그렇게 안 봤는데, 돈을 엄청 밝히는구만.

앗, 나의 실수! 말이 헛나왔네. 취소.

한번 뱉은 말, 못 담는 거 모르나. 온갖 얘기 다 나오네. 근데 우리 이런 얘기, 해도 되나? 우리 아직 자지도 안 했는뎅…

자는 거야 어렵나. 지금이라도 가면 되지. 그럼, 자고 나서 생각해볼까?

굿 아이디어! 아임 찬성.

정민이 먼저 폰을 들고 일어서자, 민정도 엉거주춤 폰과 핸드백을 챙겨서 따라나섰다. 구름이 낮게 깔린 바다 위에 해가 서서히 가라앉았다. 하늘과 구름과 바다가 붉은 손을 맞잡고 멋진 콜라보를 연출하고 있었다.

정민 오빠, 일몰 함 봐. 정말 예쁘지 않아, 너무 좋아. 정말 여기 잘 온 거 같아.

그렇네. 놀이 팬테스틱하네.

사진! 미친 놀을 배경으로 192 꽃미남이 입장하니 팬테스틱하네.

민정은 이리저리 다섯 장을 찍고도 아쉬운 듯 뒤돌아보며 일몰 카페를 빠져나왔다. 정민은 능숙하게 차를 몰아 모텔촌으로 찾아갔다. 선택을 기다리며 요염하게 늘어선 모텔 중 제일 구석의 있어 보이는 무인텔로 차를 밀어 넣었다.

오빠, 이거 너무 한 거 아니야. 마이바흐씩이나 타고 이런 데 가면 스타일 구길 텐데. 최소한 호텔은 돼야지. 이래도 되는 건가? 난 싼티나는, 쉬운 여자 절대 아니거든…

쏘리, 쏘리! 내가 조금 급하거든, 일단 급한 불 좀 끄고 보자.

옛날에 비하면, 내 성질 많이 죽은 거다. 운 좋은 줄 알아라.

민정은 이번만 정상을 참작해 봐주기로 하고 정민을 따라 무인텔 안으로 들어갔다.

정민은 정말 급했던지 양치도 하지 않고 민정을 침대로 몰아붙였다. 그 큰 키와 허우대에 비해 물건은 작은 편이었고, 얼굴 비주얼에 비해 물건 모양도 볼품이 없었다. 사정도 너무 빨랐다. 물킹하고 성마른 건 단련하고 노력하면 다소 개선될 여지가 있겠지만, 그래도 평생 데리고 살긴 조금 걱정되는 수준이었다. 민정은 무의식적으로 폰을 열어 인터넷 서핑을 하면서 어색한 분위기를 씹었다.

정민은 다소 민망한 듯 샤워를 하고 나오더니 반 시간도 채 되지 않아 다시 민정을 안았다. 놈은 언제 그랬냐는 듯 제구실을 단단히 했다. 깜박했다가 정신을 차리니, 그때까지 정민은 죽기 살기로 씩씩거리고 있었다. 절정의 쓰나미가 서너 번 몰려왔다가 갔다. 그래도 가라앉지 않은 듯 벌떡 서 있는 그 모습이 민망했지만, 잠이 쏟아지는 바람에 놈을 애써 물리치고 돌아누웠다.

최초의 투자설명회는 팔레스호텔 인베스트 홀에서 열렸다. 역대 태권도 메달리스트를 다 초청했던 터라 전국 태권도 사범들이 거의 다 참가했다. 최근 가요 오디션에서 태권도 퍼포먼스로 뜬 유명가수도 나와 노래를 부르며 묘기를 보여주었다. 대학의 태권도 학과 학생 갈라쇼도 분위기를 한껏 달궜다. 투자설명회라기보단 차라리 태권도 잔치라 해도 손색이 없을 정도였다. 참가자 모두 다들 즐거워했다.

투자계약을 체결하는 테이블엔 긴 줄이 늘어섰다. 학생들의 10만 원짜리 조막손 투자자부터 억대 투자자까지 그 스펙트럼이 꽤 넓었다. 학생들의 소액 투자는 기대하지도 않았는데 의외의 일이었다. 투자설명회는 대성공이었다. 투자설명회의 성공은 전적으로 올림픽 금메달리스트인 안민정의 힘이 컸다. 그녀의 명성과 미모가 한몫 단단히 했다고 해도 과언이 아니었다. 정민과 민정은 손님 환송을 마치고, 예약한 객실로 올라갔다.

정아, 우리 이만하면 샴페인을 터트릴 만하지 않나?

샴페인! 굿 아이디어!

정민은 냉장고에서 샴페인 꺼내와 잔을 채웠다.

안민정 화이팅!

노정민 파이팅!

러브샷으로 샴페인을 마신 후 침대로 올라가 거친 사랑을 나누었다.

오빠, 이제 제일 어려운 관문을 통과한 거, 맞지?

이제 겨우 시작이야. 프랜차이즈 학원을 모집하고 거기에 콘텐츠를 제공해서 수익 모델을 만드는 작업이 핵심이야. 그리고 투자자에게 얼마만큼의 배당을 해주느냐도 관건이지. 안 그러면 중도에서 엎어지는 거, 아니겠어. 만약을 위해 실탄을 충분히 확보해둘 필요가 있지. 일반 민간투자자를 위한 투자설명회를 기획해야겠지. 서울, 대구, 부산, 울산, 대전, 전주, 광주, 창원, 춘천, 용인 등 열 개 주요 도시를 한 바퀴 돌자. 밑천이 든든해야 성공 확률이 높아지는 거 아니겠어.

오 마이 갓! 오빠, 어떻게 그런 좋은 아이디어가 샘 솟듯 콸콸 솟아 나오는 거야? 굉장해, 멋있어!

민정은 정민을 안고 미친 듯이 키스 폭탄을 퍼부었다. 다시 거센 사랑의 퍼포먼스가 연출됐다.

오빠, 확실히 젊음이 다르네. 어떻게 그게 단시간에 바로 충전이 되지? 오빤 변강쇠다.

뭐, 그 정도 갖고… 부끄럽구먼.

오빠, 그래도 근력운동 좀 해둘 필요가 있어. 타고난 기본기만 믿을 수 없거든. 내가 그래도 스포츠 전문가지 않겠어. 오빠 건강은 내가 책임질게. 내가 특별히 맞춤 프로그램을 짜 줄 테니까, 오빤 그대로 실시하기만 해. 비즈니스도 건강이 기본이야.

알았어. 땡큐. 아임 러키맨!

오빠, 근데 미국에서 2년씩 연수받았다는 사람이 영어가 그게 뭐야, 완전 콩글리시잖아! 웃기려고, 재미로 그러는 거, 맞지?

하하, LA 가서 2년 살았는데, 우리끼리 어울려서 놀다 보니, 영어 할 기회가 없더라. 나 같은 놈, 한둘이 아닐 걸.

그래도 아임 러키맨, 그딴 거 자꾸 쓰지 마. 한두 번은 웃어주는데, 자꾸 하니깐 허접해 보여. 잘못하면 사기꾼 취급당한다니깐.

오키, 넥스트타임, 아임 포기. 오케이?

호호. 오빠, 개그에 소질이 있어 보여.

우리 그동안 일 열심히 했으니, 내일은 오키나와 가서 점심 먹고 올까?

그냥 제주도 가서 이시가리나 다금바리 먹고 오자. 비행기 오래 타는 거 질색이야. 그래도 제주도 정돈 참을 수 있지만.

오케이, 제주도 당첨. 지금 바로 항공권, 호텔 예약하고 한 판 더 붙고 자자.

한 판 더? 아이, 좋아라!

일단 샤워하고 나와. 처음부터 다시 시작하게.

오빠 안 씻을 거야. 서로 씻겨주기 하자. 재미 있을 거 같아.

우리 정아, 욕조에서 하고 싶은 거구나. 물속에서? 굿 아이디어! 먼저 들어가. 난 항공기 예약하고 곧 들어갈게.

정민은 폰으로 예약을 끝내고, 파란 알약을 쪼개 반 알 먹고 샤워실로 들어갔다.

정민은 민정과 모슬포에서 방어회로 배를 채우고 콜택시를 불러 에코랜드로 이동했다. 에코랜드는 자연과 조화를 이루며 다양한 생태계를 체험할 수 있는 곳이었다. 테마 기차를 타고 아름다운 경관을 감상하는 프로그램은 걷기 싫어하는 게으른 데이트족에게 안성맞춤이었다. 과연 에코랜드는 찾아온 고객을 실망시키지 않았다. 푸른 나무와 맑은 공기가 반갑게 맞아주었다. 자연의 향기는 지치고 찌든 몸을 힐링해 주었고, 불안하고 초조한 마음을 편안하게 어루만져 주었다. 기차가 출발하자, 울창한 숲과 다양한 식물들, 야생의 동물들이 다가왔다 멀어져갔다.

테마 기차는 여러 정거장을 지나갔다. 정거장마다 독특한 체험 프로그램이 마련돼 있었다. 민정은 '허브 정원'에 꽂혀서 허브차를 마시며 행복해했다. 자연의 향기에 둘러싸여 즐기는 차 한 잔의 여유는 비즈니스 파트너를 연인으로 이어주는 오작교라 할 만했다. 분위기에 취한 민정이 진실게임을 하자고 제안했다.

진실게임? 그런 거 안 해도 돼. 아임 진실.

유아 노진실. 호호.

말 되네. 노정민, 노진실. 내 아들 낳으면 노진실로 할까 보다. 진실은 영양가가 없고 돈이 안 돼서 노땡큐야. 니도 만만찮거든, 안민정, 안진실. 푸하하!

그러고 보니 우리 이름이 거꾸로 해서 같네! 우린 천생연분이다.

그걸 이제 알았어? 난 처음부터 알았는데.

알았어. 니똥 굵다!

헐! 숙녀 입에서 똥이라니!

헐! 나의 실수!

결국, 말장난만 하다가 진실게임은 자연스럽게 흐지부지되고 말았다. 정민은 민정의 손을 맞잡고 눈을 맞추었다. 정민은 정신을 한껏 모아 텔레파시를 쐈다. 우리는 하나야. 우린 이제 운명공동체야. 끝까지 가는 거야. 텔레파시가 통했는지 민정의 눈에서 작은 신호가 왔다. 살짝 이슬이 맺힌 게 보였다.

민간 투자설명회가 진짜 중요해. 사업의 성패를 가를 수 있는 중대한 이벤트야. 성공적으로 치러내자! 반드시! 꼭! 할 수 있다! 복창!

반드시! 꼭! 할 수 있다!

하이파이브!

위하여!

하이파이브까지 마친 정민은 갑자기 로맨스 모드에서 진지한 근엄 모드로 돌아섰다.

다음 주부터 매주 금요일마다 전국 주요 도시를 순회하며 민간 투자설명회를 실시하도록 하자. 시간이 촉박하고 빠듯하거든. 부산부터 시작해서 서울로 올라오는 게 좋을 거 같아. 경험을 쌓아 막판에 서울서 세게 때리는 전략이지. 글고, 단기간에 돈 많은 투자자를 유혹하기 위해선 홍보비를 악 소리 나도록 들이부을 생각이야. 깊숙이 숨은 돈다발을 끌어올릴 마중물이라 생각해야지. 사업의 신뢰를 얻는 방법이기도 하고.

어휴! 어렵네! 난 운동만 했지, 사업은 젬병이야. 태권도 업계는 내가 다 했으니까, 민간은 오빠가 알아서 다 해!

안 그래도 그렇게 하려고 생각했어. 그러려면 이번에 모은 투자금을 왕창 써야 할 거야. 혹시 오해할지도 모르니까, 미리 말해 두는 거야.

그래. 사업자금인데, 사업 홍보비는 충분히 써야지… 근데, 간이 작아서 그런가, 왜 이렇게 불안하지.

사업을 처음 해 보는 거니, 그럴 수밖에 없을 거야. 그게 당연해. 걱정하지마. 아임 신뢰.

몰라, 몰라. 오빠가 알아서 다 하고, 모두 다 책임 져.

당연하지.

그럼, 난 가만히 있으면 되는 거지.

사업자가 니 명의이고, 브랜드도 니 이름이니, 니가 투자 유인이야. 니 없으면 이 사업은 성립 자체가 안 되는 거야. 사업설명회에 나와 얼굴을 보이고, 인사말 정도는 필수지. 그 외 모든 실무는 내가 다 알아서 할게.

내가 가우마담이고, 어떻게 보면 미끼네?

아이고, 그렇게 삐딱하게 말하면 안 돼. 투자 실체고, 투자 포인트지. 결과는 마음먹은 대로 되어지는 거야. 본인이 긴가민가하는데, 남들이 누굴 믿고 돈을 맡기겠어, 피땀 흘려 모은 소중한 돈을!

우와, 오빤 진짜 대단해. 깜짝깜짝 놀란다니까! 어떨 땐, 꿈꾸는

4차원 같기도 하고, 나쁘게 보면, 사기꾼 같기도 하지만, 아이디어가 넘치고 추진력과 열정이 엄청나. 말도 너무 잘하고, 나도 한때 글로벌한 세상에서 놀았던 사람인데, 오빠 같은 사람은 처음이야.

그거 칭찬이지?

당연하지. 극찬이지.

고마워.

'금메달리스트 안민정과 함께 세계로'를 캐치프레이즈로 정했다. 현수막과 지방신문, SNS를 활용해 대대적으로 때리고 난 후, 해운대 파라다이스호텔 다이아몬드 홀에서 첫 민간 투자설명회를 열었다. 유튜브 채널에 올리기 위한 세 대의 대형 카메라가 세팅돼 돌고 있었고, 개런티가 높기로 소문난 가수가 식전 행사에서 노래를 불러 분위기를 띄워줬다.

태권도 금메달리스트 안민정이 인사말을 하고 나서, 노정민이 사업 개요, 연차별 사업계획, 사업의 수익 모델과 수익성, 그리고 배당 계획 등을 설명했다. 늦어도 3차 연도까지 국내 프랜차이즈를 마무리하고, 4차 연도부터 미국 등 해외로 진출해, 5년 후에 국내 증시에 상장한다는 마스터플랜을 밝혔다.

노정민은 마지막으로 기업가치 제고 계획에 대한 구체적인 복안을 설명하고, 플로어에서 질문을 받았다. 백여 명의 잠재투자자는 장밋빛 희망에 고무돼 다들 들뜬 모습이 확연히 보였다. 흥분한 상태의 중년 남자가 손을 들고 질문했다.

주식을 사는 게 수익률이 더 좋을까요, 아니면 회사채를 사는 게 수익률이 더 좋을까요? 투자자 입장에서 솔직히 대답해 주이소.

투자의 정석대로 된다고 보면 맞을 겁니다. 주식이 수익률은 좋긴 하지만, 위험 부담은 크지요. 반면 회사채는 수익률은 주식보다 조금 못하지만, 안전하지요. 여러분이 알고 있는 그대로 될 겁니다.

맨 뒤에 앉아있던 안경 쓴 대머리 신사가 발언권도 얻지 않고 대뜸 일어나 질문을 했다.

정기예금이나 채권과 같은 다른 투자처와 비교해 얼마나 유리할까요? 주식과 회사채로 구분해 말씀해 주십시오. 쉽게 말하면, 구체적인 배당률과 수익률을 예상하고 계신다면, 어느 정도로 추정하고 있습니까? 정확하진 않겠지만, 대강이라도 말씀해 주시면 고맙겠습니다.

좋은 질문입니다. 보통 배당수익률은 7% 전후 회사채수익률은 5% 정도입니다. 우린 배당수익률 30%. 회사채 이자율 20%를 목표로 설정하고 있습니다. 충분히 가능하고 가능하게끔 최선을 다하겠습니다. 오늘 투자설명회는 이 정도로 하겠습니다. 투자계약은 좌측 테이블에서 하고 있습니다. 감사합니다.

투자설명회는 안민정의 명성과 노정민의 수려한 비주얼이 만들어낸 결정체였고 환상적인 콜라보였다. 투자설명회 참가자 대부분이 좌측 테이블로 이동해 줄을 섰다. 줄이 길어지자, 우측에 마련된 다과를 들면서 와인을 마시는 사람도 있었다. 벌써 큰돈을 번 것처럼 다들 화기애애했다.

부산에서 기세를 잡은 뒤, 지방 중점 도시로 투자 열기를 확산시켜 갔다. 시작이 절반이란 말이 과장이 아니었다. 광고도 고급스럽고 배포 크게 한 덕분이기도 하겠지만, 어디서 소문을 듣고 찾아오는 투자희망자도 많았다. 유도 등 스포츠 업계 종사자와 가수 등 유명 연예인도 많이 동참했다. 장롱 속에 모아둔 돈을 들고 온 아줌마 부대도 몰려왔다. 스포츠 인사는 주로 안민정의 미모에 꽂혔고, 아줌마 부대는 노정민의 외모에 열광했다.

마침내 대망의 서울 투자설명회가 피날레를 장식했다. 신나호텔의 연회장은 베르사이유 궁전의 거울방을 옮겨온 것마냥 화려했다. 천장에 걸린 크리스털 샹들리에가 부드러운 빛을 자아냈고, 벽면을 장식한 수준 높은 대형 유화와 밝은 톤의 패브릭은 묘한 신비감과 고급스러운 아름다움을 뿜어냈다. 매끈한 대리석 바닥은 데칼코마니를 연출해 냈고 발걸음 소리마저 부드럽고 세련된 리듬으로 바꿔 줬다. 금상첨화로 유리창에 비친 서울의 야경은 액자에 담긴 모네의 풍경화를 보는 듯했다.

그런 가운데 태권도 프랜차이즈 투자설명회를 준비하는 관계자들의 손길은 분주했다. 정장 차림의 멋진 남녀가 리허설을 하는 모습이 보였고, 프레젠테이션을 지원하는 직원이 노트북과 영상 장비를 꼼꼼히 점검하고 있었다. 태권도 프랜차이즈 사업에 관심을 둔 투자자와 태권도 업계 관계자들이 정장 차림으로 연회장을 가득 메운 채 서로의 정보를 교환하느라 웅성거렸다. 대형 스크린에 띄워진 태권도 시범 숏폼과 전국 9개 주요 도시 투자설명회 동영상은 글로벌 브랜드로의 성장을 예고하는 전주곡 같았다.

투자설명회 발표가 시작되자, 참석자들은 세련되고 멋진 발표자를 진지한 눈빛으로 일제히 바라봤다. 훤칠한 큰 키에 준수한 몸매를 가진 데다 귀티마저 물씬 풍기는 갸름한 얼굴을 장착한 발표자, 노정민은 가히 군계일학이라 할 만했다. 보는 이의 눈길을 사로잡는 노정민의 마력적인 외모는 그것만으로 좌중을 압도하고도 남았다. 참석자들은 그의 입을 바라보며 그의 말 속에서 금맥을 캐려는 듯 눈을 밝히고 귀를 기울였다. 발표자의 설명이 끝나고 질의응답이 오가는 사이, 벌써 양옆으로 투자계약을 희망하는 성마른 사람들이 줄을 서기 시작했다.

서울의 민간 투자설명회는 기대 이상의 성과를 거뒀다. 투자 금액으로 봐선 지방 아홉 군데를 합친 금액보다 훨씬 더 많았다. 지방의 성공에 가속도가 붙어 이룩한 결과이기도 했다. 열 번의 성공적인 민간 투자설명회로 인해 프랜차이즈의 사업성과 수익성이 입증됐다고 해도 과언이 아니었다. 큰 흐름은 감히 거슬러기 힘든 물결이어서 배를 띄워놓으면 저절로 항진할 터였다. 말하자면 서울 투자설명회는 피날레를 장식한 성공 자축연과 다름없었다.

신나호텔 스위트룸에 둥지를 튼 정민은 재벌 아들이 아니라 재벌처럼 행세했다. 민정도 그 위세에 눌려 눈치를 살폈다. 딴은, 투자설명회 진행 과정에서 보여준 그의 능력은 이의를 달기 힘들 만큼 탁월했기 때문이었다. 특히 말발과 순발력은 타의 추종을 불허했다.

민정은 정민이 한눈을 팔세라 전전긍긍했다. 남자는 다 늑대라, 잠시만 방심해도 눈을 돌린다. 그도 그럴 것이 젊고 예쁜 여우들이 한둘이 아니니, 늘 긴장해야만 했다. 하루라도 거르면 딴 생각을 할 것 같다고 생각하니, 매일 의무적으로 사랑을 나눠야 했다. 몰래 비아그라를 물에 타주는 것도 그의 자존심을 지켜주기 위한 서비스였다.

엄마가 호텔로 찾아와 로비에서 문자를 보내왔다. 커피숍에서 만나자고 했다. 민정은 조신하게 보이는 옷으로 급히 갈아입고 커피숍으로 내려갔다. 정민이 출타 중이라 다행이었다. 엄마는 근심이 늘어진 얼굴을 하고 있었다.

아이고, 우리 딸, 요즘 얼굴 보기 힘들다. 잘 있제?

잘 있고 말고지. 일이 너무 잘 돼 걱정이지. 아무 걱정 하지 마. 내가 뭐 세 살 난 애도 아니고.

세 살 난 애가 아니니 걱정이지. 과년한 처녀가 호텔에서 기거하고 있으니, 어느 부모가 걱정하지 않겠니. 니 아빠도 난리다. 당장 쳐들어온다고 하는 걸 내가 말리느라 식겁했다.

새삼스럽게 왜 그래! 선수 때도 늘 밖에서 생활 안 했나. 그러고 보니, 내가 역마살이 씌긴 했나 봐.

그땐, 훈련할 때도 기숙사에서 여자끼리 합숙하고, 대회에 참가할 때도 여자끼리 단체로 숙식했으니, 걱정을 전혀 안 했지. 비록 니가 돌싱이긴 하지만, 남자랑 호텔에서 먹고 자고 하는데, 어떻게 걱정이 안 되겠니. 걱정 안 하는 게 도리어 이상하지. 니 아빠도 걱정이 늘어졌다. 결혼이라도 하면 좀 좋나. 그런 계획은 없나?

엄마, 내가 돌싱이라고 말하지 마라. 난 그냥 처녀다. 그 사람도 돌싱인지 모른다. 세 살 연상인 것도 부담스러운데, 돌싱이라고 하면 힘 빠진다.

알았다. 우리끼리니까 하는 말이지, 다른 데 가선 입도 뻥긋 안 한다. 아이고 머리 아파! 난 모르겠다. 니가 알아서 잘해라.

엄마, 알았다. 나도 다 생각이 있다.

니 아빠는 그 사람을 못 믿는 모양이더라. 노정민인지, 노서방인지, 걔 말이야. 걔를 사기꾼이라고 막말하면서, 속절없이 눈 버젓이 뜨고 당하기 전에 먼저 선수 쳐야 한다고 니한테 꼭 전해달라고 신신당부하더라. 무슨 말인지 알겠지?

선수치라니?

니가 명목상 회사 대표라니, 투자금도 다 니 통장에 들어있을 거 아니야. 그 통장 갖고 잠수 타라는 뜻이야. 니 아빠도 사기꾼이니, 다 귀 담아 들을 건 아니다만… 선수는 선수끼리 통한다고, 감이 온다는 말이지.

아빠야말로 어디 숨어 있다가 갑자기 나타나 훈수 뜨는 거야. 자기나 잘 하라지.

그래도 핏줄이니까 걱정돼서 하는 말이지. 생판 남이라면 그런 말 하겠어. 부디 참고해라. 내가 봐도 불안하다. 요샌 가슴이 두근거려서 잠도 잘 안 온다.

엄마, 알았다. 나도 감이 있다. 사실, 사기성이 농후한 거, 나라고 모를까. 잘하려고 하다 보면 부풀리게 되고, 그게 잘못되면 사기가 되는 기라. 처음부터 사기 치려고 하는 놈도 있지만, 사업하다가 실패해서 사기로 몰리는 사람도 부지기수다. 우리 오빤 사기성도 있지만, 능력이 출중하다. 내가 누구냐, 올림픽 금메달리스트다. 나도 만만찮다.

어이구, 연하한테 자꾸 오빠라고 하니. 내 손이 오글거린다. 니도 대단하다.

엄마, 오빠란 게 그냥 애인을 부르는, 요즘 말이다. 오빠가 여보랑 같은 말이다. 엄마도 꼰대가?

어쨌든지 당하지 말고 단단히 해야 한다. 알았지?

엄마, 알았다. 잘할게. 사기꾼이라도 잘 이용하면 대박 칠 수 있다. 그냥 가만히 있는 것보단 낫지. 사실 나도 사기꾼이라고 가정하고, 호시탐탐 기회만 노리는 중이다. 내가 바보가? 사람 보는 눈이 다 비슷하지. 하지만 정민 씬 보통 사람이 아니야. 용왕의 간도 빼 올 사람이고, 하늘에서 별도 따올 사람이야. 굉장해.

그래 알고 있다니, 다소 마음이 놓이네. 니 아빠한테도 그리 전하마. 바쁠 텐데, 얼른 가 봐라. 나도 갈란다.

엄마도 아빠 좀 조심해라. 그 인간, 또 뭘 노리고 있는지 몰라. 이번에 내가 표적인 거 같은 생각이 살짝 드네.

하긴 나도 그렇게 생각해. 내가 목숨 걸고 그 인간을 떼놓고 온 것도 그 때문이야. 어휴, 내 팔자야!

엄마, 내가 호강시켜 줄게, 조금만 더 기다려 봐. 엄마, 사랑해.

정민은 바쁜 시간을 쪼개 아빠를 만나러 갔다. 물론 민정에겐 비밀이었다. 아빠는 용인에서 노래방을 운영하고 있었다. 특별히 다른 곳에서 만나야 할 이유가 없어 편의상 아빠의 노래방에서 보기로 했다. 저녁 시간 전이라는 조건이 붙긴 하지만, 노래방만큼 조용하고 아늑한 곳이 없었다. 아빠와 밀담을 나누기엔 딱이었다.

아빠는 법대를 나와 사법시험을 준비하던 고시생이었다. 그러던 중 사법시험이 없어지고 로스쿨이 도입되면서 그냥 주저앉아 낭인이 됐다. 고시 뒷바라지하느라 고생하던 엄마를 췌장암으로 먼저 보내고 극심한 우울증에 시달리며 아파트 경비원으로 목숨만 겨우 연명하고 있었다.

정민이 돈 많은 여자의 허영심에 얹혀살게 된 것도 그런 불우한 환경을 탈피하기 위한 불가피한 선택이었다. 엄밀히 말하자면 자의적 선택이었다기보단 타의에 의한 수동적인 결과였다. 돈을 주체하지 못하고 비주얼을 숭배하는 여자들이 정민에게 불나방처럼 날아들었고, 그는 그냥 못 이기는 척 받아준 것뿐이었다. 정민은 돈 벌기가 너무 쉽다는 걸 깨달았다. 난생처음 큰돈을 만지게 된 정민은 우선 그녀들이 선호하는 외제 차에 투자하고, 남은 돈으로 아빠의 생계를 위해 노래방을 마련해주었다.

아빠는 정민이 마련해준 노래방을 운영하면서 조금 마음을 잡았다. 노래방으로 돈벌이를 잘해서 마음을 잡았다는 의미가 아니고, 생각지도 못한 일로 마음 힐링을 했다는 뜻이다. 손님이 없을 때, 혼자 마음껏 노래를 부르며 우울한 마음을 희석시킬 수 있었고, 노래방 단골인 시골 아줌마들과 어울리며 홀아비의 외로움을 달랠 수 있었기 때문이었다. 노래방은 도랑 치고 가재 잡은 일이었고, 가히 신의 한 수였다.

노래방 안으로 들어서니, 아빠가 미리 나와 상을 차려놓고 기다리고 있었다. 정민이 좋아하는 레드 와인과 마른 오징어를 준비해놓은 데다 슬라이스 치즈까지 한 쟁반 가지런히 차려 두었다. 아빠의 마음이 전해져 마음이 짠했지만, 애써 아닌 척 딴전을 피웠다.

아빠, 요새 얼굴 좋네. 장사는 좀 되나.

뭘, 늘 그렇지. 요즘 이 장사도 끝물이야. 그래도 아파트 경비원에 비하면 훨 낫지. 다 니 덕분이지. 고맙다, 우리 아들!

아빠, 그러면 손 털고 다른 거 해 보자. 서울 강남 목 좋은 곳에 피자점 하나 내줄게, 함 해 볼래? 아빤 그냥 카운트에 앉아 돈만 받으면 되도록 세팅해 줄게.

그거 좋은 거, 누가 몰라. 돈이 문제지. 집세도 엄청날 거고, 인테리어 비용 기타 등등 드는 돈이 엄청날 텐데…

아빠, 그런 걱정 하지 마라. 내가 다 해준다고 안 하나. 집세가 걱정되면, 가게 하나 사면 된다. 아빤 그냥 내가 해준 거, 지키기만 하면 된다.

나야 좋다만, 니가 걱정이다. 노래방 해준 거만 해도 오감타. 아빠도 바보가 아닌데… 니가 무슨 돈으로 그렇게 하려고 하는지 대강 안다. 내가 못났지만, 발 뻗을 곳은 안다.

아빠, 오랜만에 만났는데. 왜 그렇게 김빠지는 말만 하노! 그만해라. 그런 식으로 말하면 될 일도 안 된다. 잘되는 일에 고춧가루 뿌리나? 나, 화 날라고 한다. 와인이나 마시자.

위하여!

위하여!

정민아, 욕심이 지나치면 화를 부른단다. 꼬리가 길면 밟힌다고 안 하나. 옛말 그른 게 없다. 아빠 말 허투루 듣지 마라. 아빠가 돈은 못 벌어도 알 건 다 안다.

아빠, 됐다. 그만해라!

정민아, 넌 복 받은 사람이다. 비록 없는 집에서 태어난 흙수저지만, 백옥같이 흰 피부, 190이 넘는 큰 키에 인물까지 좋지 않니. 굳이 남 해코지 안 해도 살길이 훤하다. 넌 뭘 해도 성공할 거야. 노래 연습 좀 해서 요즘 뜨는 오디션에 나가도 눈에 확 띌 거야. 키 크지, 쭉 빠졌지, 모델을 해도 성공할 거야. 내가 낳았지만, 넌 진짜 명품이야. 그림으로 그리려고 해도 니 같은 멋진 미남은 안 나올 거야. 타고난 신체를 최대한 잘 활용하면 큰 밑천이 될 수 있다. 요즘 같은 외모 제일주의 풍조에 네 가능성은 무궁무진하다. 잘 찾아보면 길이 있을 거야.

아빠, 미안하지만, 아빠 진짜 꼰대다. 옛날 사람의 케케묵은 사고방식이다. 난 나대로 잘할 자신 있다. 세상에 나쁜 놈들 천진 데, 그놈들 욕심을 이용하면 내 욕심도 채울 수 있다. 막말로 욕심쟁이들 사기 쳐서 등쳐먹어도 나쁠 거 없다. 못 하는 놈이 바보다. 아빠는 그렇게 공부를 많이 하고 똑똑한데, 왜 이렇게 사노? 난 아빠 같이 살기 싫다.

정민은 가져온 돈 가방을 아빠한테 넘겨주고 엉거주춤 자리에서 일어섰다.

성난 투자자들이 민정의 집으로 몰려들었다. 비록 민정이 없었지만, 아무도 돌아갈 생각을 하지 않았다. 그 어머니가 무릎을 꿇고 울며불며 사정하고 빌었다.

사장님들, 선생님들, 여기서 이러시면 안됩니다. 번지를 잘못 찾았어요. 나쁜 놈은 노정민, 그놈입니다. 내 딸은 이용만 당했어요. 잘 알지 않아요. 내 딸은 죄가 없고요, 정 죄가 있다면 제가 죄인입니다. 딸을 잘 간수하지 못한 제가 죄인입니다. 우리 딸은 속은 것밖에 없습니다. 노정민, 그놈이 나쁜 놈입니다. 순진한 우리 딸을 꼬득여서 이 사단을 일으킨 놈입니다. 금메달을 딴 게 죕니까? 노정민, 그놈을 잡아 족쳐야 합니다. 우리 딸은 최대 피해잡니다. 우리 딸 좀 찾아주세요. 죽었는지 살았는지…. 제발, 불쌍한 내 딸 좀 찾아주세요.

집을 뒤져도 아무것도 나오지 않고, 그 어머니가 거의 미친 듯이 울부짖으니 투자자들도 대책이 서지 않았다. 어머니에겐 아무런 법적 책임이 없었고, 집도 어머니 명의라 거기서 소리를 질러 봤자 얻을 것이 전혀 없었다. 목소리 큰 투자자가 나서서 관할 경찰서로 가서 고발부터 하고 언론방송에도 이 기막힌 사기행각을 알려 도움을 구하자고 말했다.

이 드라마 같은 사기 행각이 알려지자 대중의 관심이 폭발적이었다. 그 주모자 안민정이 태권도 금메달리스트인 미모의 스포츠 스타인 데다 그 피해 금액이 100억이 넘어선 까닭에 대중의 관심을 끌 만한 극적인 요소를 두루 갖춘 휘발성 있는 뉴스였기 때문이었다. 미모의 스포츠 스타의 프라이버시가 SNS를 통해 낱낱이 까발려지고, 급기야 난잡한 남자관계까지 적나라하게 드러났다.

대중의 호기심은 기괴한 스캔들을 더욱더 확산시켜 갔다. 사기성 사업을 치밀하게 기획하고 투자설명회를 실질적으로 주도한 노정민의 얼굴 사진이 나오고, 안민정과 함께 찍은 스냅사진이 매스컴을 타자, 이 사기 행각 스캔들은 단번에 항간의 톱 이슈로 부상했다.

노정민의 스펙도 바로 퍼져나갔다. 키 192, 몸무게 90, 유난히 흰 피부, 레오나르도 디카프리오에 버금가는 미남. 어떻게 저런 미남이 대한민국에서 태어날 수 있지. 저렇게 잘생긴 꽃미남과

데이트 한번 해 본다면 얼마나 좋을까. 저런 남자랑 잔 안민정은 복도 많지. 여자들은 나이 불문하고 대부분 노정민의 팬이 됐다. 급기야 팬클럽까지 결성돼 활동에 나섰다.

여론은 사기 행각에 대한 분노나 단죄보다 원초적 본능에 이끌려 전혀 엉뚱한 방향으로 흘러갔다. 투자한 돈을 떼인 사기 피해자들은 미칠 지경이었다. 피해자들이 모두 서명한 탄원서를 정부 당국, 국회, 여야 정당, 검찰, 경찰에 접수하고 대국민 호소문까지 발표했다. 그제야 관련자의 출국을 금지하는 등 적극적인 움직임을 보였지만, 피의자의 신변이 확보되지 않아 생각만큼 수사가 빨리 진척되지 않았다.

사건 주모자 검거가 지지부진하게 되자, 마침내 주모자 신고에 거액의 현상금이 붙었다. 현상 수배 뉴스가 나간 다음 날, 안민정이 자발적으로 경찰에 출두해 자수했다. 그녀는 모든 걸 포기한 듯 사건의 전말을 처음부터 끝까지 자세히 진술했다. 사기 행각을 눈치챘을 땐 노정민이 벌써 잠적한 후였다고 억울해했다. 그녀는 눈이 통통 부은 채 힘없이 중얼거렸다.

세상 사람이 다 식충식물, 끈끈이주걱인 것 같아요.

안민정은 SNS에 곧 사과문을 올렸다.

어리석고 무지한 저로 인해 피해를 본 선량한 투자자들께 진심으로 사죄드립니다. 저를 신뢰하고 투자한 분들께 제가 무슨 염

치로 얼굴을 들 수 있겠습니까. 달콤한 속임수에 놀아나 여러 지인에게 회복할 수 없는 엄청난 폐해를 입혔고, 또 사회적 물의를 일으켜 여러 사람의 마음을 불편하게 했습니다. 비록 저의 능력이 미치지 못해 피해를 다 보상해주진 못하겠지만, 결코, 그 마음의 빚을 잊지 않고 죽는 날까지 속죄하겠습니다. 저, 안민정, 무릎 꿇고 용서를 비오니 부디 선처해 주시길 바랍니다.

아침 햇살은 여전히 금빛으로 다가왔다. 민정이 피와 땀으로 이룬 올림픽의 영광처럼 말이다. 하지만 그녀를 에워싸고 있는 것은 열렬한 찬사와 박수가 아니라 성난 얼굴과 귀를 찌르는 악다구니였다. 채권자들의 눈빛은 무자비하고 사나웠다. 그녀는 더 이상 국가대표 금메달리스트 셀럽이 아니었다. 허파에 바람이 가득 찬 골 빈 여자, 돌대가리 사기 피해자일 뿐이었다.

지난 일들이 주마등처럼 스쳐 지나갔다. 아버지의 땅, 마이 바흐, 프랜차이즈, 투자설명회… 아임 땅부자 아들. 그의 말은 우스꽝스럽고 허황했지만, 왠지 모르게 그다지 밉진 않았다. 그게 화를 부른 셈이었다. 금메달이 주는 광휘에 휩싸여 그 자신의 위상을 과신한 탓도 있었다. 그의 빼어난 비주얼이 태권도의 기마자세처럼 든든해 보였고, 믿음과 사랑은 발차기보다 강하다고 생각했다. 그의 말은 정교했고 그 속에서 장밋빛 미래를 보았다. 아니, 보고 싶은 걸 봤을 테지만.

무심한 계약서와 빈 통장, 그리고 천문학적인 빚만이 남았다. 처음엔 잠적한 그와 한통속인 사기꾼으로 몰고 가더니만 가렸던 베일이 차츰 벗겨지자 멍청하고 정신 나간 외계인처럼 취급했다. 금메달을 딴 황금손이었으나 사기 계약서에 서명하고 난 후엔 냄새 고약한 똥손이 됐다고 비아냥거렸다. 세계를 제패함으로써 이름을 빛내고 인생을 바꾼 주먹이었지만 이젠 사기꾼의 표적이 돼 인생을 망친 못난 손이 된 것이었다.

돈에 눈먼 걸까? 사랑에 빠진 걸까? 운동만 하느라 세상 물정을 너무 몰랐나? 사람을 너무 쉽게 믿은 걸까? 무엇이 잘못된 걸까? 어쨌거나 이 상황을 벗어날 수 없다는 생각이 들었다. 발차기에 맞은 건 곧 극복할 수 있었건만 믿음이 깨진 마음의 상처는 회복하기 힘들 것만 같았다. 매트 위에 수도 없이 내던져졌지만, 그때마다 오뚝이처럼 일어났는데… 이번엔 도저히 일어설 수 있을

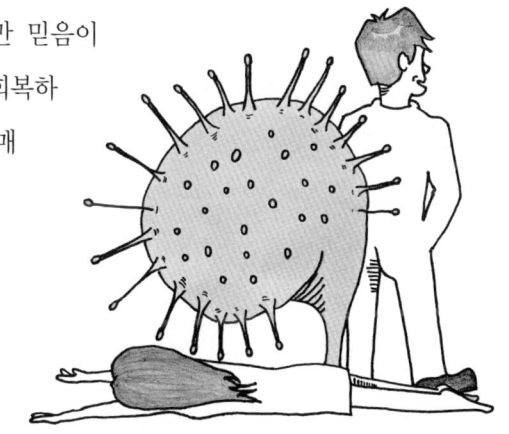

것 같지 않았다. 눈앞이 흐리고 다리에 힘이 빠졌다. 금메달이 그 빛을 잃었고, 열혈이 응원하던 목소리와 박수갈채는 무거운 침묵으로 바뀌었다.

거대한 끈끈이주걱이 햇빛을 받아 짙은 초록빛으로 반짝이며 그녀의 눈길을 끌었다. 투명한 점액질이 잎사귀 위에 빽빽이 맺혀 진주처럼 빛났다. 그녀는 그 유혹에 서서히 빨려 들어갔다. 손으로 그 이파리의 진주를 만지는 순간 끈끈한 점액이 그녀를 재빨리 낚아챘다. 강력한 접착력이었다. 필사적으로 떼고자 했지만, 끈끈이주걱과 일체가 된 듯 떨어지지 않았다. 살인적 점액질에 손이 녹아 들어갔다.

잎 가장자리의 작은 털들이 천천히 접히며 그녀를 끌어들여서 몸을 단단히 감싸기 시작했다. 끈끈이주걱이 서서히 몸을 조여왔다. 그녀는 몸부림치면서 소리를 질러봤지만, 아무런 소용이 없었다. 점점 몸이 사그라들고 힘이 빠져나갔다. 그녀는 천천히 녹아서 끈끈이주걱으로 변해갔다.

월리를 찾아라

#1. 영호 & 해운

이태원은 확실히 특별하다. '서울 속의 외국' 혹은 '서울의 이방인촌'이라는 별칭에 전혀 손색이 없다. 한국 사회 안에서 가장 이색적이고 독특한 공간이다. 이태원 거리는 세계를 옮겨놓은 압축 미니어처 공간이다. 국적도 다르고 인종도 다른 다양한 사람들이 북적거린다. 술에 취해 술병을 든 채 비틀거리며 거리를 활보하는 한국 젊은이뿐만 아니라 흐느적거리는 재즈에 몸을 맡기고 걸어가는 흑인, 귀를 뚫을 듯한 록에 몸을 흔들며 걷고 있는 백인, 이국적인 향락 분위기에 향수를 달래며 클럽을 기웃거리는 동남아 사람들까지 그야말로 이태원은 인종의 전시장이다. 근처에 이슬람 사원까지 있는 걸 보면 중동지역 사람들도 꽤 많이 찾는 모양이다.

이러한 이태원은 세계음식문화를 경험해볼 수 있는 곳이다. 이태원의 '랜드마크'라 불리는 해밀턴호텔 뒤 세계음식문화거리엔 서른여 개 나라의 이색적인 전통음식이 경연을 벌이고 있다. 다른 나라의 음식을 맛보려는 한국인과 고향의 맛과 향수를 느껴보려는 외국인이 함께 어울려 꿈틀거리며 돌아갔다. 아슬아슬한 초미니스커트에 어깨를 과감하게 드러낸 '오프 숄더 블라우스'를 걸친 해운의 패션은 이태원이기에 잘 어울릴 수 있었다. 해운은 다리를 꼬고 앉아 영호를 건너다보며 눈웃음을 쳤다. 영호는 눈을 게슴츠레하게 뜨고 해운의 희멀건 허벅지를 바라보았다.

"야, 오늘 제법 섹시한데."

"언젠 안 그랬나. 섹시 빼면 시체지."

"월남쌈 빨리 안 나오나. 빨리 먹고 자러 가야겠다. 나 벌써 달아오르는걸. 못 참을 거 같아."

"지랄하고 자빠졌네."

"어허, 숙녀가 말본새가 그게 뭐꼬."

"니나 잘하셔."

"오메, 기죽어! 운짱, 니 말 듣고서 우리 똘똘이 바로 죽었다. 닌, 입 다물고 가만히 있으면 요조숙녀인데, 입만 벌어지면 바로 마녀야."

"닌 말 안하고 가만히 있으면 깡패, 말만 하면 사기꾼이야."

"아이고, 항복. 좋은 날인데 싸우지 말고 즐겁게 놀자. 쌈 싸 먹고, 클럽에서 한잔 빨고, 얼른 자러 가야지."

말장난을 즐기는 사이, 어느덧 음식이 나왔다. 동네 베트남 식당의 음식보다 양이 적었지만, 값은 훨씬 더 비쌌다. 맛은 그게 그거였지만 분위기로 그 간극을 벌충하는 듯했다.

"이거 먹고 힘쓰겠나. 양이 너무 적은 거 아니야."

영호는 음식이 마음에 안 차는 듯 이죽거리더니 순식간에 다 먹어치우고 입을 닦았다. 해운은 조금 황당했다. 간에 기별도 가기 전에 큰 쟁반이 깨끗이 빈 것이다. 해운이 제대로 먹지 못한 걸 뒤늦게 눈치를 챈 영호는 머쓱해 하며 두 손을 비볐다. 잠시 어색한 침묵이 흘렀다. 사람들은 사소한 일로 쉽게 마음이 상하는 법이었다. 해운의 경우 특히 먹는 것에 쉽게 삐치는 걸 영호도 익히 잘 알고 있었다.

"운짱, 내가 커피하고 치즈케이크 쏠게. 나가자."

"좋을 대로."

요즘 커피와 케이크를 함께 취급하는 카페가 곳곳에 생겨났다. 먹는 양이 적은 젊은 여자들이 주로 단골이었다. 카페에서 식사와 커피를 함께 해결하는 모양이었다.

이태원은 사람들로 넘쳐났다. 핼러윈을 일주일 앞둔 이태원은 벌써 기괴한 복장을 하고 귀신 가면을 쓴 젊은이들로 흥청거렸다. 대목을 잡으려는 상혼이 지나가는 사람들의 발걸음을 잡아끌었다. 잭오랜턴을 비롯한 핼러윈을 알리는 상징물들이 가게마다 내걸려 몽환적이고 동화적인 풍경을 그려내고 있었다. 거리로 터져 나오는 거친 음악 소리에 몸을 흔들어 대는 사람들은 자신의 흥겨운 기분을 널리 전파하려는 듯 고래고래 고함을 질렀다. 사람들의 스트레스가 산산이 부서지는 모습이 보이는 듯했다. 거리 한구석에서 그룹을 지어 신나게 춤을 추는 패거리, 술병을 들고 비틀거리는 패거리 등도 이태원의 분위기를 살리는 소품들이었다. 길가에서 오바이트하는 취객이 그렇게 자연스러운 것도 아마 그런 분위기 탓일 터다.

팍팍한 현실과 거리를 둔 자유로운 분위기에 매료돼 해운은 가끔 이태원을 찾는 편이었다. 리듬에 몸을 맡기고 비탈길을 천천히 걸어 내려갔다. 거대한 물결 속에 휩쓸려 떠내려가는 느낌이었다. 영호는 해운을 잘 챙겨야 한다는 생각에 앞장서서 군중을 헤치며 길을 터 주었다. 위협을 느낄 만큼 무시무시한 인파였지만 영호는 그런 티를 전혀 내지 않고 용감하게 앞으로 나아갔다. 조금 전에 베트남음식점에서 까먹은 점수를 만회할 기회라 생각하고 나름대로 최선을 다해 해운을 보위했다. 비탈길을 내려와 오른편으로 돌아갔다. 군중의 밀집도가 조금 떨어지는 지점에 품격 있어 보이는 카페를 발견했다. 영호는 걸음을 멈추고 해운을 돌아봤다. 해운이 고개를 끄덕이는 걸 확인하곤 카페 문을 열었다. 마침 구석에 빈자리 하나가 남아있었.

"운짱, 남편 단도린 잘 하고 나왔겠지."

"당근이지. 그 바보를 속이는 건 우습지."

"그래도 어리숙한 게 단수 팔 단이라잖아. 거사를 성공할 때까지 당분간 조심해야지."

"그건 그래. 잘하고 있어."

"벌써 두 번이나 실패했잖아. 윤식이 그놈, 그래도 반듯한 대학 나온 석사잖아. 우리보다 한 수 위인지도 몰라."

첫 번째 시도는 자동차 타이어를 펑크 낸 다음 고속도로로 내몬 일이었는데, 완전히 실패로 끝났다. 요즘 타이어는 펑크가 나도 즉시 바람이 빠지지 않는다는 사실을 간과한 결과였다. 두 번째는 복어 독을 먹인 일이었다. 복어의 독, 테트로도톡신이 치명적이고 해독제가 없다는 점, 내장과 피에 독이 있다는 점 등 사전 조사를 어느 정도 하고 시도했지만, 남편 윤식이 복어 독에 강한 체질이라는 사실, 복어 독의 치사량을 잘못 판단한 점 등으로 인해 또다시 실패하고 말았다. 복어 독 사건은 남편에게 의심의 여지를 남겼다는 사실 때문에 후과가 제법 컸다.

"공부 머리하고, 일 머리는 다르다. 글고, 잔머리 굴리는 덴 내가 선수지."

"그건 그래. 인정!"

"그건 그렇고, 또 대책을 세워야지. 삼세판이라는데, 이번엔 꼭 성공해야지. 꼬리가 길면 잡힌다고. 질질 끌다간 오히려 된통 당하는 수가 있어."

영호는 관자놀이를 누르면서 생각에 잠겼다. 월남쌈보다 치즈케이크와 커피가 실속이 있는 것 같다고 해운이 말했다. 케냐 A 트리플 핸드드립 커피가 정신 줄을 팽팽하게 당겨주었다. 해운이 영호의 눈치를 보며 낭창하게 새로운 계책의 실마리를 던졌다.

"다음 주말 이태원 핼러윈 인파가 굉장할 텐데, 그 인파를 활용해서 쥐도 새도 모르게 보내버리는 게 어떨까?"

해운은 눈도 깜박하지 않고 끔찍한 발상을 말했다.

"대박! 나도 그 생각했다. 우린 역시 천생연분이야. 압사하면 증거가 1도 안 남지."

"근데 구체적인 작전이 중요하지. 어떻게 작전을 짤까. 잘 생각해 봐. 내가 아이디어를 냈으니까 구체적인 작전계획은 자기가 한번 짜봐."

해운은 말이 나온 김에 바로 마무리까지 할 생각인지 영호를 몰아붙였다.

"내가 비탈길을 내려오면서 어깨를 잡아 밀고 니가 함께 올라

오다가 발을 걸면 확실히 넘어지겠지. 어때?"

영호는 갑자기 소리를 낮추곤 주위를 살폈다. 뜻하지 않게도 자칫 초대형 압사 사고로 발전할 위험성이 있다는 사실은 두 사람 누구도 언급하지 않았다.

"굿. 근데 그 많은 군중 속에서 타깃을 어떻게 찾아내며 어떻게 접근하느냐가 문제야."

핵심을 콕 집어내는 해운은 과연 영악한 잔머리의 대가다웠다.

"그날은 핼러윈이잖아. 눈에 확 띄는 가면을 쓰는 거지. 우린 나쁜 사람이니까, 드라큘라나 뱀파이어로 변장하고 니 남편은 핼러윈에 생소한 처용 탈을 씌우는 거야. 내가 잘 찾아낼 수 있을 뿐만 아니라 설사 카메라에 찍혀도 누가 누군지 알 수 없을 것 아니야. 꿩 먹고 알 먹기지, 안 그래?"

영호가 해운의 눈치를 살피며 구체적인 작전계획을 내놨다.

"원더풀! 좋아, 아주 좋아. 작전 확정! 역시 자긴 천재야 천재!"

해운은 모처럼 활짝 웃으며 좋아했다. 사실 두 번의 실패 이후 그녀는 초조해하고 우울해했다. 그렇게 즐기던 섹스도 시큰둥할 만큼 기분이 다운돼 있었다. 주변 상황을 이용한 쉽고도 단순한 각본이 완벽하다는 확신이 들었든지, 해운의 얼굴에 화색이 돌았다.

"클럽은 다음에 가고, 오늘은 그냥 모텔에서 한판 뜨고 철수하자."

영호는 왠지 마음이 뒤숭숭하고 술이 댕기지 않아 급한 볼일만 보고 헤어지자고 했다. 인지상정이라고 해운도 선뜻 수긍했다. 대책 없고 영악한 해운이었지만 그녀도 양심의 희미한 흔적은 어딘가에 아직 남아있는 모양이었다. 카페를 나오니 거리엔 인파가 더 늘어나 있었다. 별들은 어두운 하늘 뒤로 숨어들고 외로운 달만 어렴풋이 눈을 가늘게 뜨고 내려다봤다.

모텔은 만원이었다. 한 집 건너 모텔인데 다들 성업 중이라니 인간의 성욕이 얼마나 대단한 것인지 다시 한번 확인시켜 주었다. 몇 번이나 허탕 치고 슬슬 짜증이 나려고 하는 즈음에 빈방을 찾았다. 모텔 방은 거기가 거기였다. 우선 급한 불을 끄고 나서 소파에 나란히 앉아 믹스커피를 마셨다. 섹스 후에 마시는 믹스커피는 섹스만큼이나 달콤했다.

"운짱, 우리 섹스 동영상 찍어 팔아볼까? 제일 잘하는 것으로 승부를 보라는 말이 있잖아. 우리가 제일 잘하는 건 아무래도 섹스가 아닐까?"

"돌았나! 보자보자하니까, 이게 사람을 몰랑하게 보네. 죽고 싶나!"

"아니, 그거 별거 아니야. 우리나라에서 팔자는 게 아니고 북한 시장을 한번 노려보자는 거야. 서양 쪽은 우리 실력으로 무리고, 일본은 포르노 선진국이라서 기술적으로 딸리고, 북한이 아무래도 만만하지 않나? 같은 종족인 데다 사람들 내왕도 없으니, 부끄러울 거도 없고, 비밀도 보장되지, 얼마나 조건이 좋아. 모텔 돌면서 생각한 건데, 성욕은 누구도 억제할 수 없는 본능이란 거야, 아무리 공산당 독재국가 북한이라 한들, 별수 있겠나. 본능을 막을 용빼는 재주가 있을 리 없지. 포르노, 이거 잘하면 대박날 수 있는 아이템이다. 농담 아니야."

영호는 팬티 바람에 침을 튀기면서 열변을 토했다. 해운은 깔깔거리며 영호의 아랫도리를 쳤다.

"과연 포주답다. 그 버릇, 어디 가겠나!"

해운이 다리를 꼬면서 집게손가락으로 영호의 머리를 가리켰다.

"남의 아킬레스건을 건드리면 안 되는 거 모르나. 무식해서 아킬레스건이 뭔지 알랑가 모르겠다. 포르노는 보험금 노리고 남편 죽이는 것보다 훨씬 낫다. 꼴란 8억에 남편을 죽이는 것보단 포르노 찍어 파는 게 훨씬 돈 된다. 이건 남을 즐겁게 하는 것이지, 해롭게 하는 건 아니잖아. 운짱, 안 그래?"

영호의 말에 뚜껑이 열린 해운은 옆에 있는 커피포트로 그의 뒤통수를 내리찍고 싶은 충동이 일었지만, 대사를 앞둔지라 치밀어 오르는 화를 꾹 눌러 두었다. 사소한 일로 대사를 그르칠 수 없었다. 해운은 커피를 원샷으로 들이키면서 끓어오르는 화를 삭여야 했다.

"여자가 한을 품으면 오뉴월에 서리 내린다는 말은 들어봤겠지. 아무리 가방끈이 짧아도 그 정도는 안 알겠나, 그지?"

해운의 말엔 잔뜩 독이 묻어 있었다. 영호도 자신의 말실수를 인정하고 바로 수습에 나섰다.

"운짱, 내가 자길 얼마나 소중하게 생각하는지 잘 알지? 너무 가깝다 보니 가끔 실수도 하는 기라. 가까운 사이일수록 더 조심해야 하는데, 조금 전엔 내가 정말 실언한 거 같아. 자기야 정말 미안해. 이렇게 사과할게. 제발, 마음 풀어라. 자기가 싫다고 하면 포르노 그런 거, 절대 안 할게. 운짱, 사랑해."

영호는 두 손을 모아 싹싹 비는 시늉을 했다. 해운은 마지못해 헛웃음을 웃으며 영호의 뺨을 슬쩍 쳤다. 영호는 이때다 싶어 해운을 안아 침대에 눕혔다. 영호의 2차 공격은 끈기 있고 집요했지만, 오르가즘은 다시 찾아오지 않았다. 섹스의 희열이 모든 갈등을 날려버릴 만큼 강렬한 힘을 발휘하지만, 그래도 가슴 속 깊이 침범한 감정의 앙금을 깡그리 다 녹여낼 순 없었다. 그의 달콤한 사랑의 속삭임마저 해운에겐 이별의 전주곡인양 들렸다.

#2. 윤식 vs 해운 vs 영호

가을비가 부슬부슬 내렸다. 비에 젖은 낙엽이 뿌연 불빛에 번

들거리며 시야를 가렸다. 낙엽에 묻어 있던 희멀건 불빛 하나가 허공으로 떠올라 너울너울 춤을 추기 시작했다. 푸르뎅뎅하게 부어오르고 뭉개진 얼굴을 한 환영이 그녀의 주위를 빙빙 돌아다녔다. 낯익은 눈빛인 듯 여겨졌지만, 숨이 막히도록 섬뜩했다. 손가락으로 그녀를 가리키며 뭐라고 소리치는 듯 보였으나 무슨 말인지 전혀 알아들을 수 없었다. 다만 그 파리한 눈빛으로 보아 그녀에게 한을 품고 있다는 느낌이 들 뿐이었다. 잠시 숨을 돌리는 사이, 낙엽에 묻어 있던 희멀건 불빛들이 일제히 허공으로 떠올라 어지럽게 돌아다녔다. 하나같이 푸르뎅뎅한 얼굴에 차가운 눈길로 그녀를 쏘아봤다. 백 수십 개는 족히 됨직한 환영들이 그녀의 주위를 맴돌았다. 갑자기 그 환영들이 그녀를 향해 돌진하더니 몸통을 뚫고 가슴 속으로 들어왔다. 해운은 비명을 지르며 벌떡 일어났다. 제기랄, 핼러윈이 다가오니까, 온갖 악귀가 떼로 지랄을 떠는군! 메뚜기도 한철이라더니 별것이 다 난리굿이야.

해가 긴 꼬리를 감추자 어둠의 그림자가 스멀스멀 기어 나왔다. 해운은 이태원으로 갈 생각에 마음이 다소 어수선했다. 빨간 투피스를 입고 거울을 보다가 간편한 백바지에 흰 블라우스로 갈아입었다. 화려하고 사치스러운 평소의 팜므파탈 흔적을 지우고 날렵한 마녀로 변신할 생각이었다. 그리고 괴기스러운 표정을 짓고 있는 뱀파이어 가면을 썼다. 해운이 거실을 헤집고 다니며 부산을 떨자 텔레비전을 보던 윤식도 등 떠밀리다시피 청바지에 흰 후드 티로 후딱 갈아입었다. 남편 윤식을 물끄러미 바라보던 해운은 추위를 많이 타지 않느냐며 두툼한 외투를 꺼내와 덧씌워주었다. 무겁고 어둔해 보였다. 윤식이 머뭇거리자 해운은 처용 탈까지 내밀었다. 윤식은 부끄럽고 내키지도 않았지만, 아내의 채근에 못 이겨서 할 수 없이 처용 탈을 뒤집어썼다. 거울을 보니 생각보다 나쁘지 않았다.

시월의 마지막 주말, 마침내 밤이 찾아왔다. 가로수는 희뿌연 불빛 아래 앙상한 뼈대를 드러내고, 보도엔 낙엽이 수북이 쌓여 간간이 부는 바람에 몸을 부르르 떨었다. 도로는 주차장을 방불하듯 차들로 가득 차 있었다. 다들 어디론가 가고 있겠지만 그게 어딘지 알 수 없었다. 할 수만 있다면 차를 세우고 어디 가는지 물어보고 싶었다. 윤식은 쓸데없는 망상을 이어가면서 등허리를 웅크린 채 고개를 숙이고 걸어갔다. 해운이 그의 등 뒤로 몸을 바짝 붙이더니 그의 주머니에 손을 넣고 애교를 떨었다. 평소 안 하던 행동이라 괜스레 어색하긴 했지만, 기분이 나쁘지 않았다. 처용과 뱀파이어가 밤거리를 걸어갔다.

"가면을 꼭 쓰고 가야 하나? 좀 부끄러운데. 이태원에 가서 쓰면 안 돼?"

"바보야, 부끄러우니까 가면을 써야지. 우리는 상대방을 보고 누군지 알 수 있지만, 상대방은 우리가 누군지 전혀 알 수 없는 거 몰라? 가면을 쓰면 자유롭잖아. 다른 사람 눈치 안 보고, 하고 싶은 거 다 해도 괜찮아. 발가벗고 춤을 추든지, 길가에서 오줌을 누든지, 무슨 상관이냐. 자유야 자유! 얼마나 좋아. 자기도 부끄러워하지 말고, 하고 싶은 거 다 해봐."

"니 말 듣고 보니 진짜 그러네. 그럼 우리 심심한데 뽀뽀나 할까."

"그거야 애들 장난 수준이지. 그럼, 여기서 간단하게 거시기 한 번 하고 갈까."

해운은 갑자기 그의 외투를 벗겨 보도 모퉁이에 깔고 그 위에 드러누웠다. 가로등 불빛에 비친 뱀파이어가 제법 기괴한 분위기를 자아냈다.

"자기야, 겁내지 말고 이리와. 한번 뛰고 가자니까."

해운은 진짜 하려는 듯 블라우스 단추를 푸는 시늉을 했다. 윤식은 얼른 그녀의 두 손을 잡고 일으켜 세웠다. 해운이 깔깔거리며 소리 내어 웃더니 상체를 공구며 그를 세게 잡아당겼다. 두 손을 잡고 일으켜 세우려던 윤식이 도리어 그녀의 몸 위로 넘어졌다. 해운은 능청스럽게 뽀뽀를 하면서 그의 아랫도리에 손을 갖다 댔다. 윤식은 깜짝 놀라 그녀를 밀치고 벌떡 일어났다. 정색을 하며 큰 소리로 나무랐다.

"이게 무슨 짓이야? 미쳤나!"

"장난도 못 하나? 사내가 배짱도 없이 겁만 많아 갖고, 병신."

해운은 불쾌한 듯 발딱 일어나더니 흙 묻은 외투를 윤식을 향해 내던졌다. 가면을 쓴 채 토닥거리며 기상천외한 이벤트를 하는 그들을 보려고 삽시간에 대여섯 명의 구경꾼들이 모여들었다.

"들어와 자리를 보니, 가랑이가 넷이구나. 둘은 본래 내 것인데, 둘은 누구 것인고!"

"세상 참, 말세야, 말세!"

"핼러윈인가보다."

"좋을 때다."

"오늘 이태원 터져나가겠네."

구경꾼들이 저마다 한마디씩 보탰다. 베레모를 눌러 쓴 늙수그레한 남자는 못 볼 걸 본 듯 침을 한번 뱉더니 머리를 가리키며 손가락을 돌리면서 혀를 찼다.

"완전 또라이군!"

그 말을 들은 해운은 쏜살같이 달려가 그 베레모 남자를 불러세우곤 대뜸 욕설을 퍼부었다.

"이 꼰데 영감탱이, 방금 뭐라 캤어! 뒈지고 싶나!"

해운이 눈에 쌍심지를 키고 당장 칠 듯이 덤벼들자 그 베레모 남자는 꼬리를 내리고 황급히 줄행랑을 놨다. 해운은 그러고도 화가 풀리지 않는지 괜히 죄 없는 윤식을 꼬나보며 레이저를 쐈다. 하지만 그 모두가 가면을 쓴 상태에서 벌어진 일이었다. 얼굴을 가렸다고 생각하니 주눅 든다던가 창피하다는 느낌은 들지 않았다. 간이 커지고 배짱이 생긴 모양이었다. 해운은 근처에서 피자나 한판 먹고 가는 게 좋겠다며 그의 팔을 당겼다. 오늘 같은 날 지금 시간에 이태원에선 밥 먹기 힘들다나. 맞는 말이었다. 그래도 오늘 같은 날, 이태원에서 밥 먹고 싶었는데 조금 아쉽긴 했다.

해운은 웬일인지 피자를 부지런히 먹었다. 몸매 관리한다며 억지로 식욕을 억누르던 해운에게 이런 상황은 의외였다. 평소 먹는 양의 두 배 정도를 단숨에 해치웠다. 평상시엔 비대한 윤식이 식탐을 억제하지 못하고 많이 먹었지만, 오늘은 그 반대였다. 해운이 너무 많이 먹는 바람에 윤식은 빈 배를 반도 채우지 못했다. 핼러윈 주말에 이태원에서 살아남으려면 많이 먹고 힘을 써야 한다나. 식비가 많이 든다고 그에게 욕설까지 했던 그 여자 맞나, 몰라. 윤식은 뒷맛이 감돌아 빈 입을 다셨다.

지하철은 발을 들여놓을 틈이 없을 만큼 붐볐다. 아무리 주차비가 많이 나와도 차를 가져올 걸 그랬나, 하는 생각도 들긴 했다. 윤식은 두꺼운 외투를 입은 탓인지 몸이 둔해 중심을 잡기조차 힘들었다. 승객 중 가면을 쓰고 있는 사람이 간간이 보였지만 눈길을 주거나 신경 쓰는 사람은 거의 없었다. 속으론 욕하는지 몰라도 겉으론 다들 오불관언이었다. 마음이 다소 편했다. 해운은 그녀답지 않게 줄곧 말없이 그의 팔을 잡고 서 있었다.

"이번 역은 이태원, 이태원 역입니다."

안내방송이 나오자 대부분 승객이 내릴 준비를 했다. 그들의 목적지는 이태원이었다. 500명은 족히 돼 뵈는 사람들이 열차에서 쏟아졌다. 에스컬레이터 줄은 한 바퀴를 돌면서 길게 늘어서 있었다. 차라리 계단을 이용하는 게 더 빠를 듯했다. 핫플레이스로 이어지는 출구 계단은 벌써 핼러윈을 즐기려고 몰려든 사람들로 바글바글했다.

"2번 출구?"

"촌티 좀 내지 마."

비록 가면 뒤의 얼굴을 볼 수 없었지만, 해운은 잔뜩 날이 서 있음에 틀림이 없었다. 그 지나친 긴장이 핼러윈 나들이 탓이라고만 볼 수 없을 듯했지만……. 오는 도중에 있은 황당한 해프닝으로 마음이 상했나. 그 정도 불상사로 상처 입을 만큼 멘탈이 허약한 여자가 결코 아닌데……. 왠지 오늘은 여러모로 4차원의 강심장, 해운답지 않았다.

해밀턴호텔로 올라가는 골목길로 해서 세계음식문화거리를 둘러볼 작정이었다. 이태원은 온통 사람으로 만원이었다. 강렬한 힙합 음악이 흘러나오며 거리에 활기가 넘쳤다. 많은 사람이 조밀하게 붙어있어서 개개인의 의지대로 걷기 힘들었다. 거대한 흐름을 타고 등 떠밀려 가는 수밖에 방법이 없었다. 대부분 목적지가 비슷한지 큰 흐름을 이탈하는 사람이 별로 없어 보였다. 인파가 몰려 답답하긴 했지만, 자동으로 서서히 목적지로 흘러갔다. 식당과 클럽에서 내건 핼러윈 호박 등과 잭오랜턴이 이국적 분위기를 돋우고, 요상한 복장을 한 일단의 젊은이들이 빽빽한 인파 속에서 떼창을 하며 강렬한 음악에 맞춰 몸을 흔들어 댔다. 핼러윈의 악귀가 광란의 밤을 부추기고 있는 듯했다.

해밀턴호텔로 올라가는 길은 그야말로 사람의 바다였다. 대목을 잡으려는 상인들이 좁은 골목에 철제 펜스를 친 관계로 폭이 1미터 정도 좁아졌다. 극한의 인파가 병목을 만나자 우측통행마저 깨졌다. 밀려 내려오는 세력과 치고 올라가는 세력이 부딪혀 당장이라도 대형사고가 날 것 같았다. 윤식은 두꺼운 외투로 인해 어둔하고 중심을 잡기 힘들어 더욱더 애를 먹었다. 돌아가고 싶어도 그건 마음뿐이고, 상황은 이미 돌이킬 수 없는 상태였다. 해운은 목을 길게 빼고서 누군가를 열심히 찾고 있는 듯했지만, 그녀에게 말을 걸어볼 만한 여유도 없었다.

우측통행의 질서가 무너지자 힘의 논리가 지배했다. 내려오는 세력과 올라가는 세력이 맞부딪혔다. 내려오는 세력이 훨씬 유리하긴 했지만 그렇다고 올라가는 세력도 만만치 않았다. 뒤를 받쳐주는 인파의 뒷심이 어마어마했기 때문이었다. 이런 상황은 사람을 거의 오징어로 만들었다. 각자 재주껏 틈새를 비집고 몸을 구겨 넣는 수밖에 없었다. 윤식도 몸을 외로 꼬아 오른쪽 어깨를 쐐기 삼아 틈새를 공략했다. 두꺼운 외투가 브레이크로 작용하여 힘이 들었다. 고가 명품 브랜드라 여기서 벗어던지기엔 아까운 옷이었고 설사 벗고 싶어도 벗을 수도 없는 극한 상황이었다. 그 반면 해운은 날렵한 옷차림이라 그를 방패 삼아 비교적 수월하게 나아갔다. 주위를 에워싸고 죄여 드는 사람들의 열기와 살길을 헤쳐나가고자 하는 사투에서 삐져나오는 발열로 인해 땀이 비 오듯 쏟아졌다. 팔과 손을 움직일 수 없어서 땀을 훔칠 수도 없었다. 온몸이 녹아버릴 지경이었다. 저녁 식사도 부실하게 한 데다 힘을 과도하게 쓴 탓에 윤식은 거의 탈진 상태였다. 다리에 힘이 풀려서 몸을 지탱하기도 힘겨웠다. 그에 비해 약삭빠른 해운은 나름대로 선전하고 있었다. 피자를 많이 먹어 힘을 비축해 둔 데다 윤식의 뒤에 숨어 교묘하게 인파의 소나기를 피해 나갔다.

  본인의 의지대로 자기 발로 걷는다기보다 인파에 휩싸인 채 남의 등에 떠밀려 표류하고 있었다. 너무 눌려서 숨도 쉬기 어려운 한계상황으로 내몰렸다. 군중의 밀집도가 인간이 인내할 수 있는 한계치에 다다르자 팔을 쓸 수 있는 사람들이 폰을 들고 구조를 요청하는 소리가 여기저기서 들려왔다. 헬기가 공중에서 밧줄이라도 내려주지 않는 이상 이 절박한 위기를 빠져나갈 수 없을 듯했다. '밀자!'는 남자의 외침이 들리고, '살려 달라!'는 여자의 절규와 흐느낌이 여기저기서 흘러나왔다.

윤식은 땀을 너무 많이 흘려서 처용 탈을 벗고 싶었으나 팔을 올릴 수 없는지라 그대로 쓰고 있을 수밖에 없었다. 땀이 눈으로 들어와 앞을 보기도 힘들었다. 떠 죽는다는 말을 실감했다. 위에서 내려오는 인파 중에 건장한 어깨가 윤식 쪽으로 다가왔다. 그는 드라큘라 가면을 쓰고 있었다. 의식적으로 윤식을 찾아 가까이 다가오는 듯한 느낌이 들었다. 아는 사람인가? 탈을 쓰고 있는 상황에서 그럴 리 없다. 아니면, 윤식이 처용 탈을 쓰고 있다는 사실을 알고 찾아오는지도 모른다는 생각이 들었다. 윤식은 그를 방패막이 삼아 따라오고 있는 뱀파이어 가면을 쓴 해운을 힐끗 돌아다 봤다.

코앞으로 다가온 드라큘라가 윤식의 어깨를 세게 찍어서 밀어제치는 순간, 누군가 그의 발을 걸었다. 윤식은 균형을 잃고 인파 속으로 빨려 들어갔다. 윤식이 '사람 살려!' 하고 비명을 질렀으나 노랫소리와 소음에 덮혀 이내 스러졌다. 드라큘라는 해운의 팔을 잡고 길가 쪽으로 당겼다. 해운은 "치한이야!"라고 소리 지르면서 손에 쥐고 있던 호신용 스프레이를 드라큘라의 얼굴에 쐈다. 드라큘라는 비명도 제대로 지르지 못한 채 가라앉았다. 굽이

치는 인파가 그를 집어삼켰다. 해운은 스프레이를 버리고서 인파 대응 매뉴얼에서 배운 대로 낮은 쪽 대각선 방향으로 미꾸라지처럼 빠져나갔다. 근처에 서 있던 사람들이 두 사람이 사라진 빈 공간으로 밀려 들어왔다. 많은 사람이 잇달아 넘어졌다. 팽팽하게 유지되던 힘의 균형이 깨지면서 인파가 출렁거렸다. 위에서 밀고 내려오던 사람들부터 도미노처럼 넘어지기 시작했다. 밀려서 자빠지고, 받쳐서 고꾸라지고, 걸려서 넘어졌다. 넘어진 사람들은 다시 일어나지 못했다. 골목은 순식간에 아수라장으로 변하고 그야말로 아비규환이 됐다.

수많은 사람이 넘어지면서 압사자가 속출하는 심각한 상황으로 치닫자 탈출하는 사람들이 늘어나는 등 군중의 움직임이 심하게 요동치기 시작했다. 인파는 정점을 찍고 줄어드는 형국이었지만, 강렬한 힙합 음악과 떼창은 끊어지지 않았다. 수많은 사람이 생사를 오가는 심각한 현장을 눈앞에 두고서, 그런 사연을 아는지 모르는지, 일단의 젊은이들이 찢어지는 음악에 맞춰 광란의 춤을 추고 있었다.

대피하는 군중이 늘어나고 유입되는 인파가 주춤하자 참혹한 사고 현장의 민낯이 서서히 드러났다. 수백 명의 사람이 골목 길바닥에 널브러져 있었다. 지각 있는 리더 몇 명이 쓰러진 사람을 바로 눕히고 가슴을 압박하는 심폐소생술을 실시하자 의협심 있는 자원봉사자들이 하나둘 따라나서서 심폐소생술을 시술하기 시작했다. 참사 현장을 둘러싼 또 다른 사람들은 무슨 이벤트라도 구경하듯 스마트폰을 들이대고 동영상 촬영을 했다. 바로 유튜브로 올리는 모양이었다.

골든 타임이 거의 지난 시점에 경찰차, 소방차, 구급차의 사이렌 소리가 요란했다. 경찰관, 소방관, 구급대원들이 '협조해 달라', '귀가해 달라'는 등 목이 터져라고 고함을 지르는 소리가 들리면서 비로소 길이 뚫리고 구급차가 골목 어귀로 들어왔다. 그런 참혹한 참사 현장을 보고서도 일부 몰지각한 젊은 사람들은 계속해서 스마트폰을 들이댔다. 출동한 구급차를 둘러싸고 율동을 하며 떼창을 하는 모습은 가히 가관이었다. 죽는 사람은 죽더라도 산 사람은 즐겨야지. 단 한 번뿐인 인생인데…….

길가에서 펜스를 잡고 대피해 있던 해운은 쓰러져 있는 사람들을 기웃거리며 윤식을 찾아다녔다. 윤식의 시신은 얼굴이 짓이겨져 알아보기 어려울 정도였으나 처용 탈과 두꺼운 외투가 그의 정체를 확인해 주었다. 해운은 폰을 꺼내 그의 시신 사진을 찍었다. 윤식의 시신 인근에 드라큘라로 분한 영호의 시신이 엎어져 있었다. 찢어진 드라큘라 가면엔 유혈이 낭자했다. 해운은 뱀파이어 가면을 바닥에 버리고 발로 지근지근 밟았다. 부상자를 구조하기 위해 진입한 구조대가 해운을 현장에서 퇴출시켰다. 다만, 빌딩 위에 걸려있던 달이 모든 걸 끝까지 지켜보고 있었다.

#3. 해운&

 나라가 떠들썩할 정도의 초대형 참사에서 사망한 터라 보험회사는 남편의 사망을 보험금 지급 대상으로 쉽게 인정해주었다. 보험금도 신속히 통장에 꽂혔다. 용산을 특별재난지역으로 선포하고 국민애도기간을 정해 전국 주요 도시에 분향소까지 설치한 기세에 눌린 탓이었다. 까다롭게 굴거나 지체하는 등 처신을 잘 못했다간 사회적 지탄을 받을 수 있는 분위기라고 판단한 모양이었다. 해운은 통장에 찍힌 8억이란 엄청난 숫자를 뚫어지게 바라보았다. 눈물이 핑 돌았다.
 나이 어린 사망자가 예상외로 많이 나와 이태원 압사 사고는 뜻밖의 상황으로 전개되고 있었다. 해운은 타고난 강심장이었지만 그 일 이후론 가슴이 두근거려 진정제를 달고 살았고 수면제 없인 잠을 잘 수 없었다. 양심이 없는 냉혈한으로 살아온 해운에게 그래도 일말의 양심이 숨을 붙이고 있었던 모양이었다. 큰일을 치르고 보니 양심은 거추장스러운 존재임이 분명했다. 그냥 무시하고 살아야 편할 것 같았다. 어차피 이렇게 살아온 인생, 지금 와서 어쩌겠나. 해운은 양심의 숨통을 끊어놓을 방법을 곰곰이 생각해보았다. 이골이 나서 담담해질 때까지 악행을 계속하는 것도 한 가지 방법일 듯했다.

해운은 집구석에 틀어박혀 텔레비전을 보면서 어수선한 마음을 추스르고 있었다. 한 달 보름쯤 지난 어느 날 오후, 메모리 되지 않은 번호로 전화가 들어왔다. 가슴이 덜컥 내려앉았다. 뭔지 궁금하긴 했지만 받지 않았다. 곧 다시 같은 번호가 떴다. 또 받지 않았다. 그러자 같은 번호로 장문의 문자가 들어왔다.

"이해운 님, 안녕하세요. 민진당 전 국회의원 정의한입니다.

이번 참사로 인해 부군을 잃으신 마음이 어떠하신지 충분히 짐작합니다.

그 엄청난 슬픔을 어찌 말로 표현하겠습니까.

정치인의 한 사람으로서 무한 책임을 느낍니다.

무슨 말로 어떻게 위로해 드려야 할지 모르겠습니다.

저희 당은 책임을 통감하며 유족들에게 도움이 되는 일이라면 어떤 일이든지 하고자 합니다.

우선, 유족 여러분을 모시고 의견을 수렴한 다음, 소송과 보상 등을 포함한 다양한 대응책을 마련하고자 합니다.

11월 22일 14시에 꼭 저희 민진당 당사 5층 회의실로 오셔서 좋은 의견을 내어주시기 바랍니다. 감사합니다.

민진당 이태원참사대책특별위원회 위원장 전 국회의원 정의한"

바로 이거다! 해운은 무릎을 탁 쳤다. 정면 돌파가 좋은 해법이 될 성싶었다. 세월호의 기억이 새삼스레 떠올랐다. 8억의 보험금이 무색해질 수 있을 것 같은 잔망스러운 예감이 들었다. 해운은 내년 운세가 궁금했다. 방송에서 본 유명 무속인을 찾아보고 싶은 마음이 일었지만, 자신의 비밀을 들키지나 않을까, 하는 우려가 앞섰다. 용하다면 자신의 지난 일들을 귀신같이 알아낼 터이니 운세를 볼 필요가 없을 것이고, 엉터리라면 당연히 볼 필요 없을 것이다. 통상 미래의 일보다 과거사를 더 잘 알아맞힌다는 사실을 감안하면 운세를 볼 필요가 없다는 결론이 자연스럽게 나왔다.

민진당 당사에 도착하니 온통 떠들썩한 분위기였다. 회의실에 들어서니 방송 카메라가 즐비하고 기자들이 수십 명 대기 중이었다. 벌써 사오십여 명의 유족들이 와 있었다. 외국인을 제외하면 대충 절반 정도는 모인 듯했다. 정당의 힘에 끌렸다기보다 돈의 유혹에 넘어갔을 것이리라. 낯익은 국회의원들의 얼굴도 보였다. 그들은 유족단체를 앞세워 정권을 뒤집어엎을 속셈일 것이다. 유족과 정치인이 서로 다른 목적을 갖고 있었지만, 각자의 목적을 달성하기 위해선 서로 힘을 합쳐야 한다는 사실을 너무나도 잘 알고 있었다. 동상이몽이긴 하지만 떼래야 뗄 수 없는 관계가 된 셈이다.

회의는 일사천리로 진행됐다. 수년 전, 세월호 참사로 한 번 해

봤던 일이라 이력이 난 터다. 서로 사정을 잘 아는 처지에 눈치 볼 필요도 없었다. 이른바 '이태원 참사 진상규명위원회'로 네이밍을 하고 한 명의 위원장과 여덟 명의 운영위원을 선출했다. 해운은 운영위원으로 뽑히는 행운을 얻었다. 어디든지 젊고 예쁘면 프리미엄이 붙는 모양이었다. 미리 준비된 붉은 머리띠를 매고 "참사의 진상을 밝혀라", "우리 자식 살려내라", "대통령은 퇴진하라" 따위의 구호를 목이 터져라고 외쳤다. 방송 카메라가 돌아가고 사진기 플러시가 여기저기서 터졌다.

운영위원으로 선출되자 바로 의전이 달라지는 듯했다. 현직 국회의원들이 '위원님' 하면서 손을 잡고 허리를 굽혔다. 당 대표실로 들어가서 차도 마셨다. 거대 야당의 대표와 차를 마시며 대화를 나누다니! 마치 꿈을 꾸는 것 같았다. 사람 팔자 시간문제라더니 그 말이 정말 맞았다. 해운은 지난날의 구차한 과거사를 청산하고 새로운 미래를 살아가기로 마음먹었다. 검은 투피스 정장을 차려입고 근엄한 표정을 지은 채 눈을 내리깔았다. 입이 근질근질했지만, 말을 하지 않았다. 침묵은 무식한 자에겐 확실히 금이라고 생각했다. 다리를 꼬지도 않았다. 정숙한 숙녀인양 조신하게 앉아 있었다.

당 대표 혼자 침을 튀기며 열심히 이야기했다. 마치 참사에서 자식을 잃은 사람처럼 흥분하기도 했다. 그의 말이 귀에 들어오지도 않았고 그 내용이 궁금하지도 않았다. 아무것도 묻지 않았다. 설사 질문을 받았다고 해서 응답할 말도 없었다. 고개를 숙인 채 묵묵히 앉아 있었다.

그는 두 주먹을 불끈 쥐고 옹골차게 외쳤다.

"우리는 이깁니다. 반드시 꼭 이깁니다. 우리는 이길 때까지 싸웁니다."

당 대표는 감탄이 절로 나올 만큼 재치 있게 말을 잘했다. 야당 대표, 정말이지 아무나 하는 게 아닌 것 같았다. 그는 정말이지 대단한 사람이었다. 한편으론 해운 자신과 같은 통속일 것 같은 허무맹랑한 느낌이 들기도 했다.

"뭉치자! 싸우자! 이기자!"

그가 구호를 선창하고 난 후, 마지막으로 모두 함께 힘차게 구호를 외쳤다.

"뭉치자! 싸우자! 이기자!"

우렁찬 구호와 함께 해운의 불안과 초조도 거짓말처럼 다 날아갔다. 이젠 제대로 잠을 잘 수 있을 것 같았다. 그동안 쌓인 피로가 한꺼번에 몰려왔다. 어서 집에 가서 한숨 푹 자야겠다. 자고 나면 새로운 세상이 기다리고 있을 것 같았다.

프로메테우스의 후예

 느닷없이 한국에서 한 무리의 관광단이 한적한 말레이시아 실버타운을 찾아왔다. 마을 여행안내소에서 미리 통보해주긴 했지만 새삼스럽고 생뚱맞은 일이었다. 한글을 가르치는 해외 코리아서당을 견학한다는 명분이었다. 여행사의 패키지여행 기획상품에 어떤 연유로 인해서인지 알 수 없지만, 말레이시아 코리아서당 견학이 포함돼 있었던 모양이다. 친분 있던 여행사 대표가 의심스럽긴 했다. 내가 말레이시아에서 코리아서당을 열어 토박이 청소년을 상대로 한글을 가르치고 있다는 입소문이 사단이었다. 공연히 나발을 불었나 보다. 두어 달 전에 한국 관광객에게 코리아서당 얘기를 한 것도 실책이었다. 괜히 긁어 부스럼 만든 게 아닌지 몰랐다. 성호는 난감하고 겁도 조금 났지만 설마, 하는 마음으로 애써 불안한 마음을 달랬다. 그 참, 실버타운에 뭘 볼 게 있다고 찾아오는 거야.

 코리아서당을 연 건 정말 뜻하지 않은 선택지였다. 여기에 정착한 지 여섯 달쯤 지난 때였다. 청천벽력같은 상황이 발생했다. 갑작스레 아내와 딸이 전화를 받지 않았다. 그 후로 통장에 돈도 들어오지 않았다. 이 낯선 땅에서 살아갈 일이 막막했다. 배운 게 도둑질이라고 할 줄 아는 건 훈장 짓밖에 없었다. 한국 대중문화의 유행에 기대를 걸고 호구지책으로 코리아서당을 열었다. 글로 망조를 불러들였으니 글로 벌충해보자는 오기도 조금 작용했다. 처음엔 교실이 휑했지만, 젊은 층이 가세하면서 수강생이 꽤 많이 늘어났다. 인근 도시에서 오는 모양이었지만 더 멀리서 오는 사람도 있었다. BTS를 비롯한 K팝 아이돌의 노랫말과 K드라마의 대본을 교재로 한글을 가르치면서 K팝 노래를 틀어주는 전략이 주효했다. 한번 들을만하다는 입소문이 돌자 꼬리에 꼬리를 물고 수강생이 들어왔다. 일단 한 번 탄력을 받으니까 여간해서 줄어들진 않았다. 이젠 교실이 좁아서 더 넓은 공간을 마련해야 할 지경이었다.

 눈에 익고 반가운 얼굴들이 작은 강의실에 가득 찼다. 대충 스무 명은 돼 보였다. 그들 앞에 선 성호는, 그런다고 얼굴이 감춰지는 건 아니지만, 관광객의 눈길을 피해 반사적으로 고개를 창밖으로 슬쩍 돌렸다. 누가 그런 모습을 봤다면 얼굴을 심하게 가리는 소심한 사람으로 오해했을 터다. 먼 산을 보며 이국땅에서 코리아서당을 연 경위를 차분하게 들려줬다. 뜬금없이 박수가 터져 나왔다. 졸지에 애국지사가 된 느낌이었다. 민망하고 부끄러웠다. 뒤이어 질문 공세가 이어졌다. 성호는 비교적 성실하게 답해줬다.

"이곳 말레이시아의 실버타운에 자리 잡은 특별한 이유가 있습니까?"

"그냥 제가 원하는 조건에 잘 맞는 곳이라 생각했습니다. 당연히 여러 곳을 검토해 봤지요. 저렴한 물가 수준, 따뜻한 기후와 좋은 의료서비스, 믿을 수 있는 치안 상태 등이 호의적이었고, 영어가 제2 국어로 채택된 덕분에 소통 걱정을 할 필요가 없는 것도 강력한 한가지 이유였습니다. 제가 영문과를 나왔거든요. 배운 게 문학이라 호구지책으로 서당을 연 것뿐입니다. 애국한다는 생각은 없었고요, 그런 걸 두고 이렇게 견학까지 오셨다니, 황공하고 부끄럽습니다."

"고향은 어딥니까?"

"태어난 곳은 대구이고, 직장생활은 서울에서 했습니다."

"나이가 어려 보이시는데, 어떻게 실버타운에 자리를 잡았습니까?"

"이거, 취조당하는 기분인데요. 제 프라이버시도 좀 생각해 주시기 바랍니다. 겉보기보다 나이가 많습니다. 명퇴하고서 저 혼자 이리 왔습니다. 최근에 어떻게 된 건지 연락이 안 되지만, 가족은 서울에 삽니다. 여기가 조용하고 살기 좋습니다. 생활비도 저렴하고요. 연금 받아 생활하는 은퇴자에게 딱 맞는 곳입니다."

그의 말이 끝나기 무섭게 맨 앞줄에서 앉아 열심히 듣던 늙수그레한 여인이 손을 높이 들더니 질문을 했다.

"고국의 다른 은퇴자에게 권할 만한 곳인지 궁금하고요, 프라이버시를 침해하는 것 같아 미안한데요, 명퇴하고 굳이 가족을 떠나 낯선 이국땅에 온 특별한 이유라도 있습니까? 가족과 연락이 끊어진 것도 이해가 되지 않거든요. 선생님이 범법자로 절대 보이진 않지만, 혹시라도 한국을 떠나야 할 불가피한 사정이 있었다면, 실례가 안 된다면, 그게 뭔지 듣고 싶습니다. 오해할까 봐 참고로 말씀드리면, 제가 소설 쓰는 사람이라 혹시 글감 소재가 될까 해서요. 내키지 않으시면, 대답하지 않아도 무방합니다."

성호는 가슴이 뜨끔했다. 서두에 자신을 가명으로 소개하길 잘한 것 같았다. 소설가라고 하니 어쩌면 그와 그 사건을 알고 있는지도 몰랐다. 뱅뱅 돌아가는 흰 줄이 렌즈에 빽빽이 들어찬, 두꺼운 안경을 낀 소설가라고 밝힌 여성의 질문이 끝나자, 플로어에서 웅성거리는 소리가 들려왔다. 다혈질인 듯 뵈는 머리가 벗어진 남자가 의분을 참지 못하고 소리를 질러댔다.

이거, 너무 심한 거, 아이가! 이건 무례한 질문이야! 사과해요!

의표를 찌르는 솔직한 송곳 질문에 당황했지만, 성호는 담담한 척 차분하게 무례한 질의에 대한 답변을 이어갔다.

"글쎄요, 사람마다 다르겠지만 특별히 권하고 싶은 정도는 아닙니다. 여긴 좀 심심하거든요. 한 일 년 정도까진 아마 괜찮을 겁니다. 요즘 한 달 살기, 반년 살기, 일 년 살기 등이 유행이지 않습니까. 이 먼 곳까지 와서 혼자 사는 이유는, 굳이 말하자면, 세상살이에 치이다 보니 상처가 많아서 마음 치유 목적으로 왔다고 해도 좋을 겁니다. 그냥 시끌벅적한 곳에서 탈출하고 싶었습니다. 살다 보면 그럴 때가 있지 않습니까. 가족을 무책임하게 버려두고 떠나 왔습니다. 전 연락을 끊었다고 가족을 원망할 자격도 없는 사람입니다. 제 불찰입니다. 인과응보라고 봐야지요. 담담하게 현실을 받아들여야겠지요. 더 이상의 세세한 사연은 여러분의 상상에 맡기겠습니다. 여기까지 찾아주셔서 감사합니다. 남은 여행, 무탈하게 마치시고, 편히 귀국하시길 바랍니다. 감사합니다."

박수가 요란한 가운데 몇몇 나이 지긋한 여성의 서늘한 눈빛이 성호의 마음을 싸하게 만들었다. 불륜을 연상하는 듯했다. 아프고 힘들었던 지난날들이 주마등처럼 스쳐 지나갔다.

낯선 전화번호가 휴대폰에 떠올랐다. 무분별한 보이스피싱에 겁먹은 데다 판촉이나 광고성 전화를 수도 없이 받아본 터라, 메모리 되지 않은 전화는 아예 받지 않았다. 그런데 같은 번호로 여러 번 전화가 왔다. 어쩐지 느낌이 나쁘지 않아 인터넷 포털에 그 번호를 검색해봤다. J신문사 번호였다. 아, 그렇지, 신춘문예! 그제야 지난 12월 초에 유력한 중앙지의 신춘문예에 단편소설을 응모한 일이 생각났다. 성호는 재빨리 J신문사에 전화를 걸었다.

"여보세요, 전화하셨네요."

"아, 예. 김성호 선생님이지요. 문화부 신주현 기잡니다. 이번 신춘문예 소설 부분에 선생님의 단편소설 「탈춤놀이」가 당선됐습니다. 축하드립니다."

"감사합니다."

성호는 기다리던 기쁜 소식임에도 불구하고 목에 가시가 걸린 듯 거북하고 찜찜했다. 뭔가 저지리를 하고 숨기고 있는 듯한, 정체를 알 수 없는 불안감이 가슴을 내리눌렀다. 가슴이 덜컥 내려앉는 느낌이랄까. 뽕망치로 뒤통수를 된통 맞은 느낌이랄까. 뭐라고 말로 표현하기 힘든 기분이었다.

당선될 수 있다는 기대는 했지만, 막상 당선되고 보니 너무 당황스럽고 얼떨떨해 말이 나오지 않았다. 뒤늦게 신춘문예 당선이라니! 제자들 얼굴을 어떻게 보지? 망신당하는 거, 아닌지 몰라. 내가 미쳤지, 응모는 도대체 왜 한 거야! 양심이 찔려 약간 두렵기도 했다. 거의 천 대 일의 경쟁을 뚫고 당선의 영광을 차지하였다나. 그 말을 들으니 붕 뜨는 기분이 들었다. 신춘문예 담당 기자는 시상식 일정이 확정되면 다시 연락하겠다고 하곤 전화를 끊었다.

기쁜 소식을 먼저 가족과 공유하는 것은 일종의 의무였다. 외출 중인 아내에게 신춘문예 당선 소식을 전했다. 아내는 기뻐하긴 했지만, 떨떠름한 낌새도 살짝 드러내 보였다.

"축하, 축하!. 엄청나게 기쁜 소식이긴 한데……, 어쩐지 조금 생뚱맞다. 그런 거, 문학청년들이 하는 거 아닌가? 당신 나이에, 그것도 꽤 알려진 문창과 교수, 심사위원급 평론가가 받기엔 조금 낯 간지러운 것 같아서. 좋은 일에 고춧가루 뿌리는 건 아니지만, 조금 잘못 생각하면 제자들이 받을 상을 가로챈 거나 진배없다는 얘기가 나올 것 같아 조심스럽네. 당신이 상관 안 한다면 괜찮겠지만……. 근데 그거 상금은 얼마나 되나 몰라? 내가 너무 속물인가? 호호."

막상 말을 내뱉고선 조금 민망한지 아내는 어색한 웃음을 흘렸다. 성호는 급소를 찔린 것처럼 뒷골이 따끔했다. 그래도 무언가 해명을 해야 할 것 같아서 떠듬떠듬 말을 이어갔다.

"맞아. 조금 부끄럽긴 하지. 그렇지만 평론과 소설은 별개 분야라서 소설 장르의 정식 등단이 무의미하진 않지. 평론 데뷔를 평범한 문예지로 했던 걸 생각하면, 소설의 신춘문예 등단은 조금 더 격조 있어 보이지 않니? 하하. 앞으로 평론을 쓸 때도 한층 더 힘을 받잖겠어. 나도 이 정도 쓸 줄 안다, 그런 거 아니겠어. 사실, 소설 한 편을 제대로 못 쓰면서 잔소리만 한다고 입을 내미는 소설가도 많거든. 특히나 자기 글을 혹평하면 바로 반발하고 욕설을 내뱉는 일도 있어. 그런 안하무인 소설가에겐 신춘문예 소설 당선이 좋은 방어막이 될 수 있을 거야. 쓰지도 못하면서 비난만 해댄다는 말은 이제 안 하겠지. 어쨌든 간에 나쁘진 않아."

"그렇다면, 콩그레츄레이션, 콩그레츄레이션! 당신의 당선을 축하합니다. 상금, 상금, 상금은 얼마나 돼?"

아내는 노래를 불러 축하하면서도 돈에 대한 세속적인 욕심을 굳이 숨기려 하지 않았다. 숨이 곧 넘어갈 듯 상금을 몇 번이나 되뇌었다. 성호는 기분이 조금 상한 걸 드러내지 않고서 관심이 없는 듯 슬쩍 말을 흘렸다.

"상금은 몇 푼 안 되지, 아마, 그게 아마 칠백쯤 되려나 몰라. 그냥 형식적인 통과의례, 잘 봐주면 명예지, 뭐."

"그래도 그게 어디야. 상금 타면 맛있는 거 사줘."

"당근이지. 일찍 들어갈게."

알량한 상금 때문인지, 아니면 당선이란 말이 주는 쾌감 때문인지 모르겠지만, 당초의 우려와 달리 아내는 어린애처럼 좋아했다. 아내의 세로토닌이 전파를 타고 소프라노 톤으로 전해지자 성호도 덩달아 도파민이 뿜뿜 솟아났다.

성호는 문창과의 동료 교수들에게 전화를 넣어 자신의 신춘문예 당선을 은근히 자랑했다. 겉으론 가로늦게 무슨 신춘문예냐며 시큰둥해하는 듯했지만, 속으론 부러워하는 기색이 역력했다.

"아이고, 신춘문예 심사 볼 교수님이 신춘문예 당선이 웬 말입니까. 여하튼 열정이 대단해요. 축하합니다, 소설가님. 하하. 언제 한 턱 쏘세요."

신년 초 1월1일자 신문이 나오자, 여기저기서 축하 전화가 쇄도했다. 유튜브를 비롯한 사회관계망서비스와 웹 소설 따위가 대세처럼 돼 버렸지만, 아직도 신문의 영향력이 시퍼렇게 살아있고, 신춘문예의 명성이 여전히 건재하다는 사실을 실감했다. J신문사가 국내 언론사 빅 쓰리에 속하는 중앙지라 그런지 그 위력은 기대 이상이었다. 당선의 효과를 피부로 느낀 탓인지 아내도 여기저기 자랑질하느라 정신없었다. 사실, 일부러 자랑질할 필요조차 없었다. 지인과 제자가 먼저 알고 전화를 해 축하해주었다. 며칠이 지나자 축하받는 것마저 부담스러울 정도였다. 다들 한턱내라고 성화니 몇 푼 되지 않는 상금을 다 써도 부족할 듯했다.

신문에 단편소설 당선작이 실린지 일주일쯤 지나가서야 비로소 축하 인사가 뜸해졌다. 당선 턱은 만나는 사람이 잊지 않고 끈질기게 추근댈 경우, 최대한 버텨보다가 정 안 되면 못 이기는 체 밥이나 한 끼 사주기로 원칙을 정했다. 이는 아내의 아이디어를 수용한 원칙이었다.

"생돈을 쓰고 출혈을 해 가면서 당선 턱을 낼 수 없잖아. 안 그래? 그놈의 당선 두 번 됐다간 쌈짓돈 거덜날 거 같아."

아내는 가식적인 축하 인사 뒤에 숨은, 가시 돋친 질투심에 살짝 삐친 건지 아니면 호강에 받쳐 '요강에 똥 싸는' 꼴인지, 고개를 절레절레 저으며 졌다는 듯 두 손을 펴 보이며 너스레를 떨었다. 하긴, 당선 당사자도 건성으로 하는 축하 말에 조금 덤덤해지는 판국에, 아무리 부부라 하더라도 한 다리 건너 엄밀히 말하자면 제삼자에 속하는 판에, 막말로 영양가 없고 입에 발린 말 폭탄을 맞고서, 한턱낸다는 극히 의례적인 답변을 하느라 입이 마르고 보면, 조금 짜증이 날까, 말까, 아리송할 법도 할 터였다.

신춘문예 당선의 기쁨을 누릴 만한 자격도 없는 사람이라고 폄훼한다손 변명하기 힘들 정도였다. 어쩌면 상을 받아야 할 시기를 놓치고 삶에 지쳐 감정이 무뎌진 작자가 너무 늦은 나이에 어울리지 않는 상을 받아 그 기쁨의 가치를 제대로 알아채지 못하는지도 몰랐다.

강추위가 기승을 부리던 어느 날 오후였다. 겨울 방학이라 거실 소파에 몸을 묻고 한가로이 케이블 TV에서 방영하는 영화를 보며 시간을 죽이던 중에 J신문 문화부란 글자가 화면에 뜨면서 폰이 진동했다. 지난번에 전화를 받고 난 후, J신문 전화번호를 폰에 메모리 해 둔 터였다.

"여보세요."

"김성호 선생님이시지요. J신문 문화부 신주현 기잡니다."

"예. 김성홉니다. 무슨 일이시죠?"

"매우 유감스럽게도, 이번 신춘문예 소설부문 당선을 취소해야 할 거 같습니다."

순간 가슴이 뜨끔했다. 불길한 생각이 들고 두려운 생각이 들었지만, 그 이유를 묻지 않을 수 없었다.

"그게 무슨 말씀이신지요?"

"방금 K신문 문화부에서 연락이 왔는데, K신문 단편소설 당선작 「가면무도회」가 우리 신문 당선작 「탈춤놀이」와 똑같은 작품으로 판명됐다는 겁니다. 그래서 어쩔 수 없이 K신문에선 단편소설 당선을 취소했다더군요. 우리도 같은 결정을 내렸습니다. 이건 다른 선택지가 없습니다."

성호는 결국 올 게 왔다는 생각이 들긴 했지만, 그 경과가 어떻게 된 건지 궁금했다.

"그게 무슨 말이죠. 표절도 아니고 동일 작품이란 말입니까? 그럴 리가 없습니다. 사전에 신문사끼리 크로스체킹을 다 하지 않나요? 왜 지금 와서 번복하고 그러는 겁니까! 사람 놀리는 것도 아니고, 지금 와서 취소라니, 그게 말이나 됩니까!"

"저희도 황당합니다. K신문에서 보내온 단편소설「가면무도회」를 읽어보니 표절 수준이 아니고 거의 똑같습니다. 작품 제목과 응모한 작가 이름이 달라서 사전 크로스체킹에 걸리지 않은 거지요. 왜 이런 황당한 사건이 발생한 건지 저희도 알 수 없습니다. 그 자세한 경위와 관계없이 당선 취소는 명확합니다. 같은 사람이 동일 작품을 다른 신문사에 동시 응모해도 당선 취소거든요. 다른 사람이 같은 작품을 다른 신문에 각각 응모한 건 적어도 둘 중 하나는 상대방 작품을 도용한 거로 봐야겠지요. 일단 당선 취소를 통보하고 법적인 문제는 어떻게 진행될지 저도 모르겠습니다. 아마도 두 분이 풀어야 할 문제도 있을 겁니다. 전 바빠서 이만 전화 끊습니다."

가슴이 두근거리고 손이 벌벌 떨렸다. 기가 막혔다. 공연한 짓을 해 낭패를 당했다고 생각하니 자기 자신이 너무 미워져서 머리를 마구 쥐어뜯었다. 이 일을 도대체 어떻게 해야 하나. 수습할 길이 막막했다. 이런 소식이 퍼지면 공든 탑이 다 무너지는 거다. 문학판에서 영원히 쫓겨날 건 명약관화했다. 망신은 망신대로 당하고 정년까지 아직 7년이나 남은 교수 자리마저 잃을 수 있었다. 설상가상 중징계를 받아 교수직에서 파면되면 퇴직금과 연금마저 날아갈 터였다. 이 황당한 일을 무엇부터 어떻게 풀어가야 할지 가늠이 되지 않았다. 어쨌든지 K신문에 응모한 그 사람부터 만나봐야 어떻게 된 건지 사건의 전모가 밝혀지겠지. 아이고, 골이야.

K신문 문화부에 연락을 취하고 사정사정한 끝에 그 문제의 단편소설 응모 작가의 이름과 연락처를 받았다. 이수미라는 갓 스무 살 된 대학생이었다. 이수미는 분명 사망했는데, 이럴 수가 있나! 유령인가, 아니면 동명이인인가? 전화를 걸었지만, 받지 않았다. 젊은 여성이 낯선 번호로 온 전화를 받을 리 없다. 우선, 문자로 이름과 신원 및 용건을 밝히고 나서, 상대방이 문자를 읽은 것을 확인한 후, 다시 전화를 걸어 겨우 통화를 했다.

"여보세요. 이수미 선생님 되시죠. 전 김성호라고 합니다. 이번에 J신문 신춘문예에 단편소설이 당선됐다가 취소된 사람입니다. 통화 가능합니까?"

"예. 말씀하세요."

처음 듣는 목소리였다. 죽은 이수미가 아님은 분명했다. 그녀의 냉랭한 말투에서 일이 잘 풀리지 않겠다는 느낌이 들었다.

"이 일이 어떻게 된 것인지 알고 싶습니다. 그 작품을 누가 언제 어떻게 써서 응모하게 된 것입니까? 두 사람이 우연히 똑같은 작품을 썼을 리는 없거든요."

"그걸 왜 내가 해명해야 합니까? 도대체 왜 이런 일이 발생한 건지, 내가 더 궁금하거든요."

새파랗게 어린 학생의 맹랑한 말본새를 그냥 참고 듣자니, 속이 부글부글 끓고 기가 찼다. 이건 정말이지 시작에 불과했고, 앞으로 닥칠 수모가 눈에 선했다.

"일이 이왕지사 이 지경이 됐으니 이젠 피해 갈래야 피할 길이 없네요. 내가 먼저 팩트를 밝힐게요. 지난해 내 강의를 듣던 수강생에게 단편소설 습작 과제를 냈어요. 그중에 이번에 응모한 작품이 들어있었지요. 그 작품을 써낸 학생 이름이 아마 이수미였을 겁니다. 보기 드문 수작이라 생각했지요. 근데 그 작품을 쓴 이수미 학생이 핼러윈을 즐기러 이태원에 갔다가 그만 압사하고 말았어요. 참 안타깝고 통탄할 일이었지요. 난 다만 그 학생의 빼어난 작품이 사장되는 게 아까와 제목을 바꾸고 조금 손본 다음, 이번 J신문 신춘문예에 출품한 겁니다. 그 일로 인해 이 사단이 난 거죠. 선의로 했는데, 결과적으로 남의 작품을 훔친 꼴이 됐으니 입이 열 개라도 할 말이 없네요."

그녀는 성호의 말을 듣고 나서 무슨 생각을 하는지, 잠시 기척이 느껴지지 않았다. 성호도 숨을 돌리고 마음을 가다듬었다. 이윽고 그녀는 낮은 목소리로 차분하게 말했다. 아마 죽은 언니 생각에 울컥했던 모양이었다.

"전 이수미의 동생 이정미라고 합니다. 언니가 사고로 죽고 나서 유품을 정리하다가 노트북에서 그동안의 습작을 발견했습니다. 그중에 제일 낫다고 생각되는 작품을 골라 제가 거주하는 지역의 K신문 신춘문예 단편소설 부문에 응모한 겁니다. 언니가 불의의 사고로 죽었지만 차마 제 이름으로 응모할 수 없어서 이수미란 언니 이름으로 응모했습니다. 그런데 상상도 못 한 일이 벌어진 거죠. 언니를 위한 거였는데, 오히려 욕되게 했나 봐요. 죽은 언니를 두 번 죽인 거 같아 너무 가슴이 아파요. 어떻게 해야 할지 막막합니다."

그녀는 끝내 울음을 터트렸다. 어찌나 슬프게 흐느끼는지 달래주고 싶었으나 그건 다만 마음뿐이고 할 말이 없었다. 황당한 사건의 진상이 명명백백하게 드러났지만, 현실적인 문제를 곰곰이 짚어보면 해결의 실마리가 전혀 보이지 않았다. 이정미와 그의 관계는 이심전심으로 미뤄 짐작하건대 대충 정리된 듯했지만, 두 신문사와 그들의 관계는 풀어볼 방도가 없어 보였다. 전화를 끊고 멍하니 창밖을 바라보았다. 삭풍이 지나간 자리에 잿빛 구름이 낮게 걸려 있었다.

참 어이없는 일이었다. 이 소설 같은 상황을 어떻게 돌파해야 하나? 김성호의 신춘문예 당선 사실이 지상에 공개되면서 알만한 사람은 다 아는 상황인데, 이제 곧 당선 취소 사실과 그 진상이 널리 알려지겠지. 당선 취소 기사가 나가면 흥미 있는 이 기막힌 사연에 관해 경쟁적으로 미주알고주알 보도될 건 불을 보듯 뻔하다. 혹자는 또 얼마나 재미있어할까. 머리가 터질 것만 같았다. 그 창피와 수모를 어떻게 견디며 뒷감당은 또 어떻게 하나. 혼자 힘으로 이 늪을 도저히 벗어나지 못할 것 같았다. 그렇다. 일찌감치 변호사를 찾아 해결책을 찾아야겠다.

성호는 바로 일어나 고교 동기 중에 대형 법무법인에서 근무하는 변호사 친구를 찾아가 면담을 신청했다. 친구는 자신은 다른 일정이 잡혀있어 안 된다며 그 대신 다른 변호사를 붙여줬다. 그는 몇 번이나 미안하다고 말하면서 상담변호사에게 친한 친구니까 잘해주라고 부탁하곤 밖으로 나갔다. 사건의 진상을 소상히 듣고 난 뒤에 상담변호사가 한숨을 쉬며 말했다.

"아마도 J신문, K신문 양측 다 당선 취소를 지상에 공지한 다음, 바로 검찰에 고발할 가능성이 큽니다. 왜냐하면, 신문의 권위가 바닥에 떨어진 꼴이니 그 진상을 밝혀내고 범법자를 응징함으로써 손상된 언론의 권위를 조금이라도 회복하고자 할 것이기 때문이지요. 사건이 검찰로 넘어가면, 사정이 딱하긴 하지만, 그로 인해 불이익을 받은 두 신문사가 엄연히 존재하기 때문에 아마도 기소할 겁니다. 유사 판례에 비춰보면 유죄로 결론 날 확률이 높다고 봐요. 그리고 법원에서 형이 확정될 경우, 학교로부터 파면당할 가능성도 염두에 둬야 할 겁니다. 지금으로선 그 전에 재빨리 사직하고 도피하는 게 상숩니다. 그러면 퇴직금과 연금은 안전하게 지킬 수 있지 않겠어요. 시효가 다할 때까지 해외에서 유유자적하며 조용히 살다가 시효가 끝나면 돌아오든지, 아니면 거기서 그냥 자리 잡고 살든지, 그건 그때 가서 사정 봐가면서 결정하면 되는 거고요. 명예훼손이나 인격 손상은 감수해야 할 것 같고요, 재빨리 사직하고 실리를 취하는 게 지금으로선 최선입니다. 정말 화급합니다. 출국 금지를 당하기 전에 서둘러 손을 써야 할 겁니다. 그래도 재빨리 저흴 찾아온 건 현명한 결정이었습니다. 제가 상담해줄 수 있는 건 여기까지입니다. 도움이 되셨는지 모르겠습니다. 선배님이 신신당부하셨는데……"

"큰 도움이 됐습니다, 변호사님. 감사합니다."

상담변호사는 상담료도 받지 않았고, 엘리베이터 앞까지 마중을 나와 정중하게 배웅해 주었다. 한 다리가 무섭다더니, 과연 그러했다.

갑작스럽게 자기 나라를 떠나는 이런 상황은 흔치 않았다. 이민의 경우와 다른 상황이었다. 오랫동안 생각하고 고민한 후에야 비로소 이민을 결심하고 그러고도 상당 기간 미리 조사하고 준비해 D데이를 정해 이민을 결행하는 것이 통상이다. 그렇다고 여행을 떠나는 상황도 아니다. 여행도 쓸 수 있는 돈에 맞춰 사전에 계획한 일정에 따라 떠나는 것이 일반적이다. 물론 무전여행이나 배낭여행처럼 예산이나 일정을 정해놓지 않고 무작정 떠나는 일도 없진 않다. 아무리 그렇다고 하더라도, 오래전부터 개략적인 비전은 갖고 있으면서 스스로 의식하지 못하는 사이 부지불식간에 머릿속에서나마 큰 그림에서 디테일까지 대충 그 얼개가 그려지는 법이다.

굳이 유사한 상황을 꼽으라면 죄짓고 해외로 도피하는 경우였다. 하긴 죄짓고 쫓겨가는 처지니 비슷할 수밖에 없었다. 그래도 나름 준비할 건 준비해야 했다. 폰으로 검색을 해보고 챗GPT에도 물어봤다. 여행기도 찾아 읽어보았다. 춥지도 덥지도 않은 따뜻한 곳, 영어로 의사소통이 가능한 곳, 생활비가 적게 드는 곳,

치안이 좋은 곳, 양질의 의료서비스가 가능한 곳 등 다섯 가지 조건을 어느 정도 갖춘 곳을 물색했다. 우선 동남아 여러 곳이 물망에 올랐다. 내심 미리 그렇게 생각하고 있었는지 몰랐다. 다섯 가지 조건을 갖춘 곳으로 말레이시아와 필리핀이 낚였으나 치안이 더 좋은 말레이시아에 마음이 갔다.

시끄러운 이 나라를 떠나 머리를 식히면서 쉴만한 곳으로 말레이시아를 염두에 두고 머물만한 구체적인 장소를 찾아봤다. 우선 수도 쿠알라룸푸르 인근의 한 실버타운이 사정권에 들어왔다. 그곳은 여러 나라에서 온 이방인이 서로 교류하고 소통할 수 있는 장소로 다양한 언어와 문화가 공존하는 곳이었다. 편의시설, 문화센터, 음식점, 상점 등이 마을 안에 소복이 모여 있어 이방인이 살기에 안성맞춤일 듯했다. 실버타운의 가장자리로 편안한 산책로가 조성돼 있었으며, 공원이나 광장 등 공공의 휴식 공간도 함께 갖추어져 있었다. 문화 교류 및 언어 교육 프로그램도 제공된다고 하니 새롭고 다채로운 경험도 즐기면서 낯선 나라에 쉽게 적응할 수도 있을 듯했다. 금상첨화로 안전하고 친절하기까지 하다니 골치 아픈 상황을 벗어나 쉬고 싶은 사람에겐 딱 맞는 곳일 성싶었다.

성호는 좀 더 자세히 그 디테일을 알아봤다. 그 실버타운엔 외국인들을 위한 다양한 맞춤형 서비스도 준비돼 있었고 그 외에도 이중 삼중의 편의시설과 보호막이 마련돼 있었다. 그만하면 이방인이 낯선 나라라는 경계심을 풀고 편안한 생활을 즐길 수 있을 것이란 생각이 들었다. 유럽의 은퇴자들이 자리 잡은 모습도 믿음을 갖기에 충분했다. 만족감과 포만감에 터 잡은 거주민의 활기찬 모습과 서로를 이해하고 존중하는 문화는 그야말로 덤이었다. 말레이시아 다양성 문화의 여러 범례가 그의 마음을 완전히 사로잡았다. 성호는 말레이시아의 실버타운으로 가기로 마음먹고 떠날 채비를 서둘렀다.

저녁이 되자 성호네 식구가 다 모였다. 성호는 그날 일을 낮은 톤으로 낱낱이 고백했다. 아내와 딸은 당선 취소 소식을 듣곤 눈이 휘둥그레졌다. 오 마이 갓! 와이? 성호가 그 당선 취소 이유가 제자의 작품을 도용한 것이란 사실을 말해주자 아내와 딸은 얼굴이 새파랗게 변해 벌떡 일어섰다. 아내와 딸이 금방이라도 자기가 먼저 할퀴기라도 하려는 듯 팔을 걷어붙이면서 바짝 다가와 성호를 다그쳤다.

"제자 작품을 훔쳐서 출품하다니, 어떻게 감히 그런 파렴치한 짓을 했어! 얼굴 들고 다닐 수 있겠어! 이거 정말 아연실색할 일이야! 도대체 정신이 있는 거야, 없는 거야! 당신, 미쳤어! 완전히 맛이 갔구먼!"

"아빠, 이게 뭐야! 친구들한테 다 얘기해 버렸는데, 이게 무슨 창피야! 어떡할 거야! 아빠가 책임져! 정말 폴짝 뛰겠네. 난 몰라! 난 이제 어떡해!"

후폭풍이 예상했던 것보다 훨씬 더 거셌다. 성호로 인해 그들이 받을 사회적 비난과 수모를 막아줄 방법이 마땅치 않았다. 고개를 숙이고 참회의 눈물이라도 흘려보고 싶었지만, 그마저 마음먹은 대로 쉽게 되지 않았다. 출국 일정이 너무 촉박한 까닭에 그 어수선하고 흉흉한 분위기 가운데서도 성호는 해외 도피 계획을 말하지 않을 수 없었다.

"그래, 불평과 비난은 그 정도로 하면 됐고, 이 일은 그 취지야 어떻든지 간에 일단 내가 죽을죄를 지은 거, 100% 인정할게. 정말 용서를 바란다. 근데 지금 창피하고 쪽팔리는 거, 그런 걱정은 사치야. 시간이 없어. 내가 당장 내일이라도 해외로 나가야 하거든. 빨리 도피하지 않으면 기소돼 유죄 판결을 받고 감방 가는 수가 있어. 그렇게 되면 퇴직금과 연금까지 날아가는 거야. 쫄딱 망하는 거지. 이럴 때일수록 정신 바짝 차리고 이성적으로 대처해야 돼. 지금부터 내 말 잘 들어."

끓어오르는 분노와 증오를 주체하지 못하고 길길이 날뛰던 두 모녀가 사태의 심각성을 제대로 인지한 건지, 흥분을 가라앉히고 소파에 털썩 주저앉았다. 성호는 상담변호사에게서 들은 대로 해외로 도피할 계획을 말해주었다.

"출국 금지가 뜨기 전에, 난 내일 무조건 출국할 거야. 비행기든 배든 잡히는 대로 잡아타고, 그게 어느 나라든, 일단 국외로 나가서 최종 목적지로 갈 거야. 봐둔 데가 있거든, 그곳은 너희한테도 비밀이고, 잠잠해 지면 연락할게. 떠나기 전에 사직서를 책상 위에 써두고 갈 테니까, 내일 오전 내로 당신이 직접 가지고 가서 총장한테 직접 전해줘. 빨리 퇴직 처리해 달라고 부탁하는 거, 잊지 말고. 기소 전에 퇴직 처리가 돼야 퇴직금과 연금을 지킬 수 있거든. 우선, 현금화할 수 있는 건 현금으로 다 찾아서, 내가 갖고 갈 거야. 인감, 통장, 패스워드, 다 인계할 테니, 퇴직금은 MMF에 묶어두고 연금 나오거든 나한텐 매월 초에 2백을 KEB하나은행 계좌로 넣어주고 나머진 생활비에 보태쓰라. 당신 직업이 철밥통으로 매달 돈이 또박또박 나오니, 그래도 한결 든든하다. 그리고, 내가 지금 얘기한 내용은 절대 비밀이야. 밖으로 새나가면 난 바로 체포돼 감방 가는 거야. 잘 알아들었지. 지혜야, 정말 미안하다. 공부 열심히 해서 좋은데 취직해라. 교직이 철밥통에 안전빵인데… 엄마 함 봐라. 엄마 말 잘 들으면 만사 잘 풀릴 거야. 지혜야, 믿는다. 사랑해."

말을 마치고 긴장감이 다소 누그러들자 감정이 솟구쳐올라 눈물이 쏟아졌다. 아내는 기가 막히는지 머리를 움켜쥐고 흐느끼다가 안방으로 들어가 침대에 드러누웠고, 딸은 황당한 상황을 받아들이지 못하겠다는 듯 일그러진 표정으로 자기 방으로 들어가 나오지 않았다.

신입생 오리엔테이션을 매년 해외에서 치르면서 여행에 정통한 성호가 학교에서 중요한 역할을 떠맡고 있었다. 방문 장소, 일정, 프로그램 등 콘텐츠를 조정하고 총괄하는 팀장을 맡아왔을 뿐만 아니라 출발부터 도착까지 문창과 신입생을 책임지고 인솔하는 가이드역까지 수행해왔다. 그 덕분에 단골 여행사와 신뢰 관계가 두터웠다. 성호는 그 여행사 대표에게 전화를 걸어 도움을 청했다.

"정 대표, 김성흡니다."

"아이고, 교수님, 신춘문예 당선을 축하드립니다. 재주도 많으십니다. 이젠 소설가님이라고 불러야 하나요? 하하. 그래도 교수님이 폼 나고, 있어 보입니다. 교수님, 이렇게 늦은 시간에 전화를 다 주시고, 무슨 좋은 일이 있습니까?"

"예, 대표님, 감사합니다. 내일 급한 일로 출국할 일이 있는데, 티켓, 한 장 구할 수 있습니까?"

"내일요? 소설 쓰러 가는 건 아니지요. 하하, 농담이고요. 내일 출국이라니, 이거 너무 심한 거 아닙니까? 어디로 가실 건데요?"

"후쿠오카요. 배편이 좋아요."

"이거 불가능한 일인데, 김 교수님 부탁이라면 되게 해 봐야죠. 하하. 우리 가이드 하나 빼고 대신 교수님이 가는 방법을 찾아보지요. 동행 가이드 대신 현지 가이드로 대치하면 가능할 듯합니다. 제가 연락해보고 바로 알려드릴게요."

"역시 미스터 해결사라니깐."

머리가 띵하고 마음이 어수선해 만사가 귀찮았지만, 성호는 대형 캐리어를 가져와 준비물을 주섬주섬 주워 담았다. 우선 일본에 머물면서 동정을 살펴보고, 치밀한 사전 준비를 해서, 인터넷으로 실버타운 입주 계약을 체결한 다음, 말레이시아 최종 목적지로 건너가기로 개괄적인 윤곽을 잡았다. 짐을 싸고 휑한 거실에 홀로 앉아있자니 믿을 사람이 하나도 없다는 생각이 들었다. 궁상맞고 처량한 신세가 처연하고 가련했다. 이게 무슨 꼴이야. 괜히 남의 작품에 손을 대 가지고, 고생을 사서 하는군. 내 손가락으로 내 눈을 찌른 꼴이지. 평소에 신춘문예 같은 건, 생각조차 한 일이 없는데, 왜 갑자기 죽은 제자의 작품을 도용해 응모했는지 몰라. 마음속 깊은 곳에 엉큼하고 비겁한 기운이 숨어있었던 건가. 내가 뭣에 덮어 씐 거지. 탁자 위에 둔 폰이 진동했다.

"교수님, 접니다. 가이드를 빼고 대신 교수님이 가도록 조치했습니다. 가이드 신분으로요. 근데, 시간이 좀 그런데요. 내일 새벽 5시에 부산에서 승선합니다. 가능하겠습니까?"

"가능합니다. 정 대표님, 힘써 주셔서 고맙습니다. 자세한 사항은 문자로 넣어주세요."

"알겠습니다. 바로 보내겠습니다. 교수님 앞으론 너무 놀래키지 마세요. 식겁했습니다. 하하. 잘 다녀오세요. 마중 못 나갑니다."

신입생 오리엔테이션을 갈 때, 성호는 주로 항공기보다 배를 선호했다. 엄청 저렴한 승선 비용, 일박을 선상에서 할 수 있다는 점 등이 쥐꼬리 예산의 제약조건에서 배를 선호한 강력한 유인이었지만, 사실 갑판에 서서 바다를 바라보는 즐거움도 빼놓을 수 없는 미끼였다.

바다는 한 번도 그를 배신한 적이 없었다. 갑판에 올라 매섭게 불어오는 찬 바람을 온몸으로 맞았다. 신춘문예가 몰고 온 고뇌를 바람에 날려 보내려는 듯 머리를 흔들며 두 손으로 머리카락을 마구 털었다. 머리가 얼음처럼 맑아지는 듯했다. 끝없이 밀려오는 파도가 배의 옆구리에 붙어 춤을 추면서 노래를 불렀다. 높은 하늘과 검푸른 바다가 한데 어우러져 장엄한 교향곡을 들려주었다. 갓 깨어난 햇살이 바닷물을 온통 다이아몬드로 만들어 버리는 광경은 분명 신이 보여주는 마법이었다. 멀리서 작은 섬이 나타났다가 사라지는 가운데 갈매기가 반갑게 손을 흔들어 주었다.

고국에서 쫓겨나는 신세라 마음이 신산하기도 하고 또 침통했지만, 또 다른 세상에 대한 호기심으로 가슴이 설레기도 했다. 시원섭섭하다는 말이 적절하다고 할 정도로 기분이 기묘했다. 친숙한 삶을 이별하는 마음이 오히려 가쁜하다고 느낄 정도면 평소 뭔가 과도한 압박과 과중한 스트레스에 시달려왔다는 방증일 수 있었다. 더 잘살아보겠다고 '찌지고 뽁고 싸우던' 세상에서 마침내 벗어났다는 해방감에 사로잡힌 것일까. 아니면, 청명한 하늘과 청정한 바다의 조화인지도 몰랐다. 어쨌든지, 새 출발이 좋은 기회를 맞이한 것 같은 야릇한 기분이 들었다. 어쩌면, 이 기막힌 탈출극을 잠재의식 속에서 은근히 갈구해 온 것인지도 몰랐다. 바다 위로 살짝 얼굴을 쳐든 태양이 모든 걸 다 알고 있는 듯 빙긋이 웃었다. 부드러운 햇살 자락이 창공을 가로질러 날아와 그의 지친 몸을 어루만져주었다.

중독

 사무실 문이 벌컥 열렸다. 서늘한 바람과 함께 한 무리의 수사 요원들이 들이닥쳤다. 검은 점퍼 위에 "검찰"이라는 노란 글씨가 선명했고, 그들은 일말의 망설임도 없이 직진했다. 그들의 눈빛엔 측은지심이나 동정심 따위 전혀 보이지 않았다. LED 등 백색 불빛 아래 덕지덕지 붙은 포스트잇처럼 주호의 머릿속은 엉망으로 뒤엉켰다.

"이주호 씨, 압수수색 영장 나왔습니다."

 짧고 단호한 목소리와 서류를 낚아채는 억센 손길에 주호는 얼어붙은 채 눈만 끔뻑거렸다. 서랍이 열렸고, 하드디스크가 뽑혔으며, 캐비넷이 마구 들춰졌다. 오래된 서류 더미에 쌓인, 건조한 먼지 냄새 위로 긴장과 두려움의 기운이 솟아올랐다. 주호의 노트북과 스마트폰이 그들의 가방에 들어가는 순간, 심장이 철렁

내려앉았다. 그 안에 담긴 번호, 숫자, 기록, 보고서 등 모든 게 낱낱이 까발려질 건 뻔했다. 누군가 옆자리 직원에게 무언가를 물었고, 또 다른 누군가가 프린터 옆 파일을 훑어갔다. 서류 뒤지는 소리는 마치 비밀이 들통나는 소리 같았다. 누군가 책상 아래쪽에 숨겨둔 USB를 꺼내 들었다. 정수리에서 이마로 식은땀이 흘러내렸다.

"차명계좌 관련 자료, 찾았습니다."

가장 젊어 보이는 수사요원이 힘차게 소리치자, 다른 수사요원들이 고개를 돌려 그를 쳐다봤다.

"좋아! 내부자 거래 자료도 그 계좌를 털면 다 나올 거야."

압수수색 책임자로 보이는 자가 토를 달았다. 그들은 금융 범죄 수사 전담반답게 노련하게 맥락과 핵심을 짚어 각종 자료를 싹쓸이 수거했다.

주호는 눈을 내리깔았다. 책상 앞에 서 있는데도 발이 허공에 붕 떠 있는 느낌이었다. 지구는 여전히 돌아가고 세상은 평상시와 다름이 없었지만, 그의 사무실엔 저승사자가 눈을 부릅뜬 채 두리번거렸다. 주호는 숨도 제대로 쉬지 못한 채 안절부절못했다. 그의 모든 감각이 정지해버린 것 같았다, 정의라는 서슬 퍼런 이름의 벼린 칼날이 정확하고 엄정하게 살을 가르고 들어와 부풀어진 간덩이를 도려낼 모양이었다.

사무실 전화벨 소리가 울려 퍼졌다. 직원이 주호에게 전화를 바꿔주었다. 아내였다. 아내는 울먹이며 검찰 수사관들이 갑자기 집에 들이닥쳐 압수수색을 하고 갔다며 울음을 터뜨렸다. "미안하다"는 말 외엔 달리 할 말이 없었다. 곧이어 다시 전화벨이 울렸다. 주호 처남의 전화였다. 방금 압수수색을 당했다며 어떻게든 빨리 손을 써보라고 호소했다. 주호는 "죽을 죄를 졌습니다"라는 말만 되뇌곤 급히 전화를 끊었다. 주호의 스마트폰을 압수당한 터라 사무실 일반전화가 불이 났다.

처남의 탄소섬유강화플라스틱 회사를 증시에 상장시키자고 권유하면서 그가 모든 책임을 지겠다고 장담했던 일이 생각났다. 상장 권유는 진심에서 우러난 선의였고 미래를 위한 설계였다. 차명계좌를 이용한 내부자 거래로 회사 자산을 빼돌린 건 남들이 다하는 벤처에 대한 보상이자 일종의 창업자 어드벤티지였다. 거래 업체를 살짝 부풀린 점은 맞지만, 그건 순전히 처남을 위해 한 일이었고, 그 정도는 일반적 범주였다. 축하의 건배, 그 술잔 속에 장밋빛 희망이 담겨있는 줄 알았다.

차명계좌 개설, 내부거래, 부정공시, 배임 등 불법행위를 번연히 알고 있었지만, 그렇게 해도 들키지 않는다고, 그 정도는 경영권 공개 대가 내지 리스크 프레미엄이라고, 주위에서 다들 그런 식으로 말해줬고, 그는 순진하게도 그 말을 의심 없이 받아들였다. 죄의식 없이 광범위하게 저질러졌던 편법 보상 시스템, 문제 없다고 알았던 불법 거래 관행, 일반 투자자의 희생 위에 차명계좌로 들어갔던 엄청난 돈 등이 이젠 범행을 증명하는 증거물로 변신해 그를 막다른 골목으로 몰아넣고 있었다.

술에 취해 발그레한 처남의 천진한 얼굴이 떠올랐다. 그가 그렇게 말하니까 좀 다르게 들린다던 그 말이 비수처럼 가슴에 와 꽂혔다. 인간적인 신뢰를 그가 이용한 꼴이었다. 뼈를 갈아 넣고 일군 알짜회사를 단박에 파탄의 구렁텅이로 몰아넣었다. 책임지겠다고 했고 실제로 책임지고 싶었지만 책임질 힘이 없었다. 그의 삶이 모조리 무너져 내렸지만, 창밖엔 여전히 햇살이 비치고, 세상은 아무 일도 없는 듯 무심하게 돌아갔다.

하루가 꼬리를 내리는 해 질 무렵이면 강 건너에서 노을이 축축하게 건너왔다. 빌딩 유리창에 붉은빛이 눈부셨다. 서류 가방을 움켜쥔 손이 바쁜 가운데 헐겁게 풀린 넥타이가 흔들렸다. 바쁜 걸음을 재촉하는 무표정한 사람 사이로 꼬리를 무는 승용차가 줄을 이었다. 무질서한 행렬이 얽히고설킨 채 조화롭게 어울려 질서 있게 정렬했다. 썰물처럼 빠져나가는 흐름에 여의도의 저녁은 아쉽고 쓸쓸했다.

주호와 성주는 이동하는 게 귀찮아 자주 가는 회사 인근 중화

요리 식당에서 만나 저녁 식사를 함께하곤 했다. 주호는 증권회사에서 일하고 성주는 무역회사에 근무했다. 두 사람은 같은 대학 경영학과 동기인 데다 근무지가 지척에 있어서 수시로 만나 우의도 다지고 정보도 교환했다. 그것보다도 그 둘 사이의 만남을 촉진한 실질적 동력은 주호가 사설 개인 펀드의 매니저였고 성주는 그 주요 투자 고객인 관계인지도 몰랐다.

식당의 자동문을 열고 들어서니 오른쪽 창문 아래 자리에 세 명이 앉아 있을 뿐 다른 손님은 보이지 않았다. 큰 자본을 투자해 놓고 겨우 점심 장사에만 의지해서 수지를 맞출 수 있을는지 의문이었다. 점심은 점심 특선 가격으로 저렴하게 제공되는 만큼 그 마진이 크지 않을 것이 뻔하기 때문이었다. 남의 일 같지 않아 한숨이 절로 나왔다. 늘 가던 2층 방으로 가려다가 굳이 그렇게 할 필요가 없을 것 같아 좌측 구석으로 자리를 잡고 앉았다. 주호가 자리 잡기 바쁘게 성주가 들어와 손을 흔들었다. 주호도 손을 흔들며 맞장구를 쳤다.

"오래 기다렸나?"

"아니, 나도 방금 들어왔어. 막 자리 잡고 앉는 참이야. 손님도 거의 없는데 굳이 방으로 갈 필요가 없을 것 같아서 그냥 여기 앉았어."

"그래. 장사도 안 되는데, 까탈스럽게 굴 거 있나. 시야가 탁

트인 게, 여기가 더 좋네."

"뭐 먹을까?"

"전가복으로 할까?"

"전가복, 당첨!"

주호는 전가복과 백주를 시키고 재킷을 벗어 옆 의자에 걸었다. 주위를 살피던 성주도 재킷을 벗어 옆 의자 위에 접어 올려놓은 후 두 눈을 감고 관자놀이를 눌렀다. 그 모습을 보던 주호도 양손을 뻗어 올려 스트레칭을 했다.

"피곤해 죽을 지경이야. 요즘 왜 이렇게 피곤하지? 나만 그런가?"

"나도 마찬가지야. 주가가 너무 빠졌어. 증권사 다니는 놈 치고 안 피곤한 놈 있겠나!"

"증권사 직원만 그렇겠나. 투자한 놈도 피곤해. 저 건너편 정치하는 동네가 개판인데, 제대로 되는 곳이 있겠어? 이런 상태에서 경제가 잘 굴러간다면 그게 더 비정상이지. 안 그래?"

"그렇지. 게다가 지구촌 곳곳에서 전쟁까지 터지고, 세상이 온통 다 야단법석이니, 감당이 불감당이야!"

"말세야 말세! 도대체 세상이 왜 이래!"

"테스 형한테 물어볼까 보다."

"하하, 정말 그래야 할 것 같아."

주호는 벗어놓은 재킷을 들고 그 안주머니에서 출력물 뭉치를 꺼내 성주에게 건네주면서 말을 이었다.

"투자 내역을 대충 정리한 거야. 이 와중에 우리 펀드는 대박 친 거지. 넌 정말 행운아야."

"그런데 투자 상황을 수시로 알려줘야 하는 거 아니냐? 뭘 투자했는지 알아야 쓰릴도 느끼고, 기쁨도 만끽할 텐데…"

"사적인 개인 펀드잖아. 그렇게 하기 힘들다. 크게 먹여줬으면 됐지, 웬 말이 그리 많아! 니 지분은 그냥 20%야."

"야, 친구 사이에 사고팔 때, 그 투자 포인트라도 알려주면 좀 좋냐. 그래야 나도 배우고 성취감도 좀 느끼지."

"지랄하고 자빠졌네! 니가 나한테 사적으로 펀드를 든 목적이 돈 벌자는 거잖아? 돈 벌어 목적을 달성했으면 그만이지, 무슨 불평불만이 그리 많아. 내 개인 펀드는 불법인 만큼 수수료가 거의 없잖아. 보통 삼사 십 퍼센트지만 난 겨우 10 퍼센트야, 그건 서비스 수준이 그만큼 낮다는 뜻이야."

"주호야, 나도 그 정돈 다 안다. 글고, 불평불만이 아니라 부탁하는 거다. 이 불황에 돈 많이 벌어준 거, 엄청 고맙고, 감사하지만… 욕심을 내보자면 말이야, 무엇 때문에 그 주식을 그 시점에 사야 하는지, 그리고 또 팔아야 하는지, 그런 것을 사전에 좀 알려주면 좋겠다는 게 내 작은 희망 사항이지. 나도 자아실현 욕구나 하다못해 성취욕이라는 게 있는 사람이야. 날 너무 무시하지 말아줘. 우린 친구아이가!"

"성주야, 니 말이 무슨 말인지 잘 알겠는데, 투자 동기라는 게 비밀스럽고 그게 불법적일 가능성도 크고, 또 미리 말해 버리면, 그 약발이 사라지는 징크스 같은 것도 있다. 고객이 니만 있는 것도 아니고… 친구니까 그냥 넘어가 주면 안 되나?"

"그래, 알았다. 이번엔 그냥 넘어가자. 앞으론 내가 수시로 전화해서 물어볼게."

"귀찮아 귀찮아, 제발 그렇게 하지 마."

전가복 요리가 나오고 술이 몇 순배 돌았다. 술이 조금 오르고 분위기가 한결 부드러워지자 성주는 다시 주식 이야기를 끄집어냈다.

"투자 정보를 주로 어디서 얻는데?"

"각 증권사 정보 팀에서 사적인 라인으로 입수하지만, 찌라시도 무시할 수 없지. 그걸 그냥 믿는 건 아니고 시장을 통해 검증하고 확인해야 돼. 진정성 여부가 거래소 주문 수량이나 거래량에 나타나거든, 제일 좋은 정보는 아무래도 내부 정보이지만, 그런 건 흔치도 않지만 입수하기도 어렵지."

"이번에 대박 친 건 아무래도 내부 정보를 입수한 결과겠지."

"다른 데 얘기하면 쇠고랑 차는 수가 있어. 그런 말을 함부로 하면 큰일 나! 경고한다."

"알았어. 애도 아니고 그 정도는 나도 잘 알지. 그래도 경영학과 출신이잖아. 나, 증권시장론 에이쁠 받았잖니."

"약세장에 활력을 불어넣고 한탕 하자고 큰손들이 모여 모의한 정보를 은밀히 입수해서 살짝 올라탄 거지. 우리 정도는 그냥 작은 부스러기니까 표도 안날 걸."

"속된 말로 작전 세력에 편승한 거네."

"어, 맞아맞아, 니 그런 것도 알고, 제법인데…"

"나, 바보 아니거든. 그 정돈 기본이지."

술잔은 이미 비었고, 마음은 잔보다 먼저 비어 있었다. 두 볼은 불그스름하게 달아올랐고 입가엔 웃음기가 살짝 묻어났다. 술에 젖은 중년 남자의 얼굴은 바로 삶의 역정이라 할 만했다. 허공에 떠돌던 말이 바람을 타고 흔들렸다. 그의 눈빛은 바람을 희롱하는 호수처럼 흔들렸고, 그의 말은 지난 시간을 재생하는 낡은 필름 같았다. 다시 잔을 든 주호는 말이 다소 많아지더니 그 통제력을 서서히 잃어가는 듯했다.

그 틈을 타서 성주는 궁금한 걸 집요하게 물고 늘어졌다.

"혹시 최근 D모터즈 스캔들에 연루된 건 아니겠지."

"거기도 안 낀 건 아니지만, 난 미미한 개미니까, 그냥 묻어가는 거지. 그래도 특검한다니까 조금 꺼림칙하긴 하네."

"헐!"

"걱정하지마. 내가 대박 터뜨린 건 지분 다툼으로 피 터지게 싸운 KZ그룹 경영권 분쟁 덕분이야. 걔들 지분 더 확보하고자 죽자사자 매수하는 바람에 KZ주가가 다이렉트로 두 배 올랐고, 그마저 물량이 없어서 거래가 안 되는 상황까지 온 거지. 완전히 합법적이고 정정당당한 투자였고, 최고최선의 현명한 선택이었지. 결국, 내 펀드에 투자한 니가 홈런 친 꼴이지."

"우와! 대단하다. 니가 친구라서 자랑스럽다. 니 펀드에 몇 명 들었지? 총 기금액이 얼마나 되니?"

"성주야. 또다시 경고하는데, 너무 많이 알면 다친다. 제발 더 이상 알려고 하지 마라."

주호는 말은 그렇게 했지만, 자랑이 하고 싶어 입이 근질근질한 듯 보였다.

"그래도 궁금한데 어떡하니. 내 투자금이 20 프로라니까, 총 펀드 기금이 10억인 건 확실하네."

"그래. 니, 나, 와이프, 형, 처형, 총 다섯 명, 10억이다. 이제 시원하냐?"

"별거 아닌 걸 갖고 괜히 빼고 그러냐. 근데 더 넣어도 되냐? 더 받아줄 거지."

주호는 잠시 생각하다가 인심이라도 쓰듯 말했다.

"니만 예외로 더 받아주지. 얼마나 더 넣을라고?"

"와이프 자금을 땡겨야 하는데, 함 설득해보고 연락해줄게"

"오케이"

"입 꾹 닫고 있을게. 투자수익이나 최고로 올려줘."

종업원을 호출해 짜장면을 시키면서 성주는 2차 쏘겠다며 좋은 데 가자고 제안했다. 음식을 가져온 종업원이 9시에 영업을 종료한다고 알려주었다. 팬데믹과 주 52시간 근로가 만든 새로운 풍속이었다.

기분이 한껏 고양된 성주는 청담동 룸살롱으로 주호를 끌고 갔다. 룸살롱은 입구부터 붉은 카펫이 깔려 있었다. 자동문이 열리자 고요한 조명 아래, 마치 호텔 라운지를 연상케 하는 공간이 펼쳐졌다. 룸으로 발을 들여놓으니 짙은 톤의 대리석과 우드 패널로 마감된 벽면이 절제된 고급스러움을 연출해냈고, 부드러운 가죽 소파와 세심하게 배치된 뽀얀 대리석 테이블은 품격의 극치를 보여주었다. 은은한 조명이 비치는 가운데 고급 오디오 시스템에서 잔잔한 블루스가 흐르고, 테이블 위엔 얼음을 담은 크리스털 버킷과 정갈한 잔 세트가 가지런히 놓여 있었다. 사방에 달린 대형 화면은 노래를 유혹하는 인어공주였다. 그곳은 단순한 유흥주점이 아니라 격조 높고 환락이 넘치는 낙원이었다.

자리에 앉기 바쁘게 마치 기다리기나 한 듯 화려한 상이 차려졌고 쭉쭉 빵빵 미녀들이 줄줄이 나와 아름다움을 뽐내며 고객의 선택을 기다렸다. 주호와 성주가 각각 마음에 드는 파트너를 점지하자 그때부터 본격적으로 흥청망청 놀자 판이 프로그램대로 본격적으로 진행됐다. 주호와 성주는 마치 삼천 궁녀를 거느린 황제가 부럽지 않게 거드름을 피우고 질펀하게 놀았다. 분위기가 한껏 달아오르자 나체로 노래를 부르며 진한 블루스를 추다가 달아오르는 몸을 가눌 수 없어 마침내 즉석 불고기도 먹었다.

주호가 아파트 현관에 들어섰을 땐 자정이 지난 시점이었다. 하얀 불빛 아래, 부어오른 발목을 주무르던 아내가 고개를 들었다. 배도 부르고. 발도 붓고, 허리도 아팠을 터이며, 작은 공간에 갇혀 홀로 고단한 하루를 견뎠을 터다. 태동이 심하다고 했든가. 그건 그도 느껴보고 싶었다. 태아의 작은 발길질을 생각하니 양심이 찔려선지 마음이 살짝 아팠다.

아내는 불룩한 배를 안고 클래식 음악을 듣곤 했다. 모차르트 음악이 태교에 좋다나. 배가 불러 불편할 텐데도 태교에 정성을 쏟는 모습에서 진한 모성애를 엿볼 수 있었다. 태교는 부부가 마음을 합해 노력해야 그 효험이 있다면서 술에 취해 늦게 귀가한 주호를 나무랐다.

"술 마셨나? 늦었네."

아내의 그 한마디가 비수가 돼 가슴에 꽂혔다. 사랑은 거창한 다짐이 아니라 함께 있어야 할 자리에 있어 주는 것, 함께 있는 시간이 아니라 기다리게 하지 않는 마음일지도 몰랐다. 주호는 미안한 마음을 다독이고 사랑을 보여 줄 양으로 아내의 불룩한 배에 귀를 대보았다. 그렇지만 그게 오히려 아내의 심기를 건드렸다.

"아이, 술 냄새! 샤워하고, 양치하고! 우리 아기가 술 냄새 난다고 발로 찬다!"

"아이고, 미안."

이를 닦고 샤워를 하고 나니, 술이 좀 깼다. 주호는 머리를 말리면서 아내에게 할 변명거리를 생각하고 정리해봤다. 영양가 높고 임팩트 있는 콘텐츠여야 할 것 같았다. 그가 잘한 것, 투자해서 돈 많이 번 일이 아무래도 정답일 가능성이 컸다. 주호는 옷을 갈아입고 거실로 나와 아내의 꼬인 마음을 풀어주려고 했다.

"여보, 내가 펀드 만들고, 그거 대박 친 거 얘기했지."

"응, 대박 난 거 알잖아. 당신 진짜 대단해."

"오늘 대학 동기 성주 만나서 밥 먹고 가볍게 술 한잔 걸친 거야. 성주가 우리 펀드에 2억 투자했는데, 이번에 크게 먹었다며 함 쏘겠다고 해서 끌려가다시피 했어."

"끌려가다시피? 끌고 갔겠지."

"아니야, 난 울 공주마마 임신해서 빨리 들어가야 한다고 했지. 그래도, 굳이 술 한잔 쏘겠다고 우기는 바람에 따라간 것뿐이야. 사실, 난 우리 펀드에 더 투자하라고 꼬실 속셈이었지. 펀드는 기금 규모가 클수록 융통성이나 운용 반경이 커서 성공 가능성이 커지고 포트폴리오도 다양해지거든. 리스크 헤징에도 효과적이고. 내가 투자 전략을 얘기하면서 펌프질 조금 했더니, 글쎄 성주가 제수씨 돈을 더 끌어오겠다고 하잖아. 말하자면 투자 유치에 성공한 셈이지. 돈 욕심 없는 놈 있나!"

"하여튼 사람 꼬시는 재주는 좋아. 타고 난 모양이야. 딱 증권맨 체질이야."

"그거 칭찬하는 거 맞나? 왠지 조금 찜찜한데. 빈정거리는 느낌이 살짝 드네."

"됐고, 근데 술집은 어디 갔어? 룸 같은 데 간 건 아니겠지. 내가 이러고 있는데."

"회사 근처에서 전가복 먹고 포차에서 소주 마셨어. 사랑하는 아내가 소중한 내 2세를 품고 고군분투하는데 그 상황에서 내가 그래도 룸살롱 갈, 싸가지 없는 놈는 아니지."

주호는 눈을 휘둥거리면서 급히 대답했다.

"앗, 눈 돌아가는 것 보니까, 룸 간 게 맞는 것 같은데! 좋은 말 할 때, 빨리 이실직고해!"

"아니야. 생사람 잡지 마라. 성주한테 전화해 봐라!"

"벌써 입 맞춰뒀겠지. 어쨌든지 오늘 옐로우 카드, 한 장!"

주호는 더 이상 변명하지 않고 눈만 내리깔았다.

"이번에 크게 배운 게 있어서 한번 시도해 볼까 해. 그래서 하는 말인데, 처남이 탄소섬유강화플라스틱 회사를 창업한 지 대략 5년쯤 됐지?"

"5년 겨우 견뎌낸 셈이네. 잘돼야 할 텐데…"

"그 회사 잘 꾸며서 상장시키게 해 볼까? 페이퍼 워크와 기업공개 실무는 내가 책임지고 할게. 당신은 처남을 잘 설득해줄래."

"그게 가능할까? 이익이 많이 나야지 되는 거 아닌가?"

"콘텐츠와 비전이 되잖아. 첨단 벤처기업의 특례가 있고 우대하는 분위기도 있으니, 잘 마사지해서 화장하면 충분히 잘 될 거야. 사실, 그보다 못한 기업도 상장해서 크게 뻥튀기한 놈들 한둘이 아니야. 마음 단단히 먹고 옹차게 한번 밀어붙여 보는 거지."

"상장 시키면 오너에게 좋기는 해? 괜히 했다가 규제만 많이 받고 복잡해지는 거 아닌가?"

"조금 성가시고 복잡해질 수는 있는데, 머리 잘 굴리면 거액을 단번에 땡길 수 있어. 상장 전에 주식을 크게 늘려 차명계좌 따위로 사재 놓는 식으로 주식을 분산시킨 후, 기업을 공개해 주식을 시장에 내다 팔아 떼부자가 되는 구조지. 알게 모르게 대부분 공공연히 그런 식으로 배 채우거든. 상장시켜 주식을 분산시키면 막말로 회사가 망해도 가진 지분만 날리면 끝이지. 대부분 그 전에 알맹이를 다 빼먹지만."

"그거 사기 같은데, 그런 거 하면 벌 받는다."

"사기는 아니야. 굳이 말하자면 먹퇴 쯤은 되지. 유식하게 말하면, 증권시장은 시장이 회사를 평가하는 시스템이야. 기업을 공개해 상장하면, 기업의 가치가 나오지. 다수의 투자자는 비전과 가능성을 보고 상장 주식에 베팅하는 거고…. 상장회사는 한 사람의 회사가 아니고 불특정 다수 주주의 회사야. 개인 회사를 다수의 회사로 만들어 공공성과 투명성, 영속성을 고양하자는 게 기업공개의 원래 취지인 거지. 오너가 가질 수 있는 최대 지분을 제한하긴 하지만, 다 빠져나오는 편법이 있어."

"난 너무 어려워 모르겠고, 머리 아파. 당신이 직접 오빠를 설득해봐. 그게 진짜 좋으면 당연히 응하겠지."

아내는 약간 헷갈리는 듯 머리를 저으며 얼굴을 살짝 찌푸렸다.

"글고, 이런 건 상장 후에 생각할 일이지만, 살짝 팁을 주면 당신 이름으로 주식 지분을 인수한 후 시장에 경영권을 뺏는다는 소문을 내서 주가를 띄우고 팔아치우는 방법도 있지. 그런 건 내 전공 나와바리야."

"됐어. 그만해 토나오려고 한다."

그래도 돈벼락 맞을 상상을 한 건지, 그리 싫지 않은 표정이다. 아내는 뒤뚱거리며 침실로 들어갔다. 장모는 배 모양으로 보아 아들일 거라 했지만, 왠지 모르겠지만 주호는 딸 같다는 느낌이 들었다.

여느 때처럼 알람이 기상을 재촉했다. 아침 햇살이 눈꺼풀을 파고들었다. 뱃속은 마치 술을 집어넣고 흔든 듯 헝클어져 있었고, 둔탁한 망치로 관자놀이를 두드리는 소리가 들리는 듯했다. 머릿속은 텅 빈 것 같으면서도 오히려 무거웠다. 마지못해 엉거주춤 일어나 스마트폰 알람을 껐다. 거울 속의 얼굴은 마치 사냥을 나갔다 허탕 치고 돌아온 지친 하이에나 같았다. 붉은 눈, 일그러진 이마 그리고 파리한 입술은 10년쯤 지난 그의 사진에서 가져온 딥페이크 같았다.

아내는 아직 자고 있었다. 밤새 뒤척거리더니, 뒤늦게 잠든 모양이었다. 주호는 따뜻한 커피를 마시면서 술에 찌든 빈속을 달랬다. 느슨한 정신을 일깨워 단단히 다져둬야 하겠지. 오늘도 험한 세상을 항해하며 돈을 건져 올리고 만선으로 돌아오려면 말이야.

화장품 회사에 다니는 고교 동기가 자기 회사 사정을 하소연해

왔다. 오너 가족이 갈라져 경영권 다툼을 벌이고 있다는 내용이었다. 주호는 눈이 번쩍 떠졌다. 바로 K뷰티에 대한 조사에 착수했다. 비전도 좋고 콘텐츠와 시장 평가도 후하며 이익도 많이 내는 우량 기업이었다. 주호는 가용 가능한 모든 자금을 동원해 K뷰티 주식을 매수했다. 뭔가 미진한 감이 있어 성주에게 연락했다. 말이 어눌한 걸 보니 아직 술이 덜 깬 듯했다. 주호는 다짜고짜 단도직입 칼을 빼 들고 바로 본론으로 들어갔다.

"성주야, 제수씨와 얘기해 봤나?"

"무슨 얘기?"

"아직 술이 덜 깬 모양이네. 정신 좀 차려! 지금 느긋하게 정신줄을 놓고 있을 때가 아니야. 어제 얘기한 펀드 투자 건 말이야. 지금 무지하게 급한 건수가 발생해서 엄청 급하거든, 빨리 결정해서 돈 송금해라. 한시가 급하다. 돈벼락 맞고 싶거든 최대한 빨리 서둘러라. 영끌해서라도 딸딸 긁어모아서 송금해. 나도 영끌할 거야. 내가 답답할 건 없지만, 니한테 얻어먹은 게 있어서 하는 말이다. 우리가 남이가!"

"뭔데? 뭔지 대충은 알아야 와이프를 설득하지."

"자세한 건 나중에 얘기하고 엄청 큰 건이니까, 닌 나만 믿고 무조건 영끌해서 오늘 오후 2시 전까지 송금해라. 설득이 안 되면 강탈해서라도 펀딩에 올인하는 게 맞을 거야. 바빠서 끊는다."

주호는 K뷰티 주가와 거래량을 계속 지켜봤다. 거래가 늘면서 주가가 올라가는 게 감지됐다. 조바심이 났다. 아내에게 전화해 돈 융통할 곳을 찾아보라고 지시하고 형에게도 같은 취지로 전화를 넣었다.

음양초봉 차트의 봉이 춤을 추듯 출렁일 때마다 불타오르는 내면의 욕망도 함께 장단을 맞춰 춤을 췄다. 하루에도 수만 번 주식창을 들여다보다가 상승 종목이 눈에 띄면 바로 따라붙고 싶은 욕망이 꿈틀거렸다. 머릿속에서는 경고등이 켜졌지만, 마음은 이미 시위를 떠난 화살이었다. 고삐 풀린 욕망이 머리와 가슴을 점령해 마구 끌고 다녔다. 가능성과 확률이 확실성으로 수용돼 장밋빛 미래가 뇌리를 지배했고, 푸짐한 상상력이 더 빨리 가라고 채찍질해댔다. 이 기회를 잡으면 대박이 터질 거라는 믿음이 더욱 굳어졌다.

마음 한구석에선 "너 지금 뭐 하냐"는 차가운 시각도 있었지만, 돈벼락이란 강력한 무기가 무지막지하게 눌러댔다. 과욕? 그럴지도 몰랐다. 하지만 그 욕심은 장밋빛 미래로 데려다주는 급행열차로 보였다. 충분한 돈은 불확실하고 위험한 미래로부터 자신과 가족을 지켜주는 안전장치임을 굳게 믿었다. 갑부가 되고 싶진 않았지만, 고해와 같은 삶을 조금이나마 편하게 살려는 본능적 욕구를 피하지 않고 그냥 충실하게 받아들이고 싶었다.

돈독이 오른 걸지도 몰랐다. 주식을 사고팔아 차액을 남기고 돈을 버는 일, 그건 입사 초기엔 그저 기분 좋은 자기만족이었고 어쩌면 자기 과시였다. 남보다 잘해보고 싶었고, 경쟁과 게임에서 이기고 싶었으니까. 근데 그게 어느 순간 버릇이 됐고, 어느새 습관이 됐다. 돈독이 올랐다고 욕해도 이젠 멈출 수 없었다.

 사람을 만나도 마음이 쉽게 열리지 않았다. 잡념이 뇌리에 가득 찼다. 뭘 줄 수 있는지보다 무엇을 기대할 수 있는지를 먼저 생각했다. 사랑이나 우정은 영화 속의 쓸데없는 낭만일 뿐이었고 인간관계가 돈벌이 도구로 전락해 버린 지 오래였다. 통장 잔고는 늘어나도 불안감은 사라지지 않았다. 마음이 약해진 탓일까, 아니면 돈을 더 벌어야 하는 걸까.

 형과 아내에게서 전화가 왔고 뒤늦게 성주의 전화도 왔다. 하나같이 영끌했다고 말했다. 기금 계좌에 10억이란 돈이 일시에 들어왔다. 다들 돈 벌 기회를 놓치기 아까운 모양이었다. 주호는 K뷰티에 상종가로 투자기금을 올인했다. 다행히 주문한 물량이 다 잡혀주었다. 안도와 동시에 서늘한 느낌이 들었다. 워낙 큰돈을 한 종목에 실은 데다 가까운 사람들이 목매고 있는지라 어깨가 무거운 까닭일 터였다. K뷰티는 종가까지 상종가를 지켜주었고 거래량도 제법 많이 늘어나 뛰는 주가를 단단하게 받쳐주었다. 그렇지만 자신감이 점차 바닥으로 가라앉았고 그 자리에 정체 모를 의혹과 불안감이 자리 잡았다.

주호는 주말을 이용해 아내와 함께 처남을 찾아갔다. 처남은 공장과 가까운 분당에 살았다.

분당은 단정한 신사였다. 도로는 반듯하게 뻗어 있었고, 고층 빌딩은 모범생처럼 다소곳이 늘어서 있었다. 가까이서 살펴보면 조성된 지 꽤 오래된 까닭에 세월의 때가 끼어있을 법도 하지만, 그럼에도 불구하고 깔끔한 기운은 여전했다. 분당은 담담한 표정을 짓고 서 있는 신사였다.

처남이 사는 아파트는 네거리 근처의 주상복합 건물이라 찾기가 수월했다. 주호는 처음 방문하는 참이었지만 아내는 몇 번 와 본 모양이었다. 집들이 문화는 불과 얼마 전까지만 해도 일반적이었는데 언제부턴가 사라져 버렸다. 맞벌이가 일상화되는 바람에 여성이 가사노동에서 멀어진 데다 프라이버시가 중요하게 된 사회 변화가 집들이 문화를 몰아낸 주범이라면 경제적 부담, 스마트폰과 인터넷으로 인한 비대면 문화, 바쁜 생활 리듬 등은 종범쯤 돼 보였다.

주호는 설 선물로 받은 마오타이 한 병을 선물로 들고 갔다. 처남과 처남댁이 엘리베이터까지 나와 맞아 주었다. 주호도 반갑다며 처남의 손을 잡으며 너스레를 떨었다.

"형님, 벌써 찾아봤어야 하는 건데, 바쁘게 살아가다가 보니, 인간 노릇 못하고 삽니다. 죄송한 마음에 형님 좋아하는 마오타이 한 병 갖고 왔습니다."

"요즘 다 그렇지. 그렇다고 이 귀한 술을 가져오다니! 역시 이 서방이 최고야! 어쨌든지 고맙네. 오랜만에 만났는데 이걸로 우리 회포나 풀어볼까. 여보, 안주 될 만한 거 좀 내와 봐!"

"형님, 이러다간 제가 처남댁한테 미움받겠는데요. 오징어나 육포 같은 걸 사 올 걸 그랬네요. 제가 늘 생각이 2 프로 부족합니다."

"아, 그거 지금 와이프한테 사 오라고 하지, 뭐. 여보! 그냥 마트 가서, 오징어하고 육포 같은, 안주 될 만한 거, 사 오는 게 어때? 그게 더 편할 거 같지 않아?"

처남댁이 현관문을 열고 나가자 아내도 같이 간다며 처남댁을 따라 함께 나갔다. 두 여인이 나가자 주호는 처남 눈치를 살피며 말문을 열었다.

"형님, 요즘 공 열심히 치지요. 보통 몇 개 정도 칩니까?"

"일주일에 한 번 정도 필드에 나가는데, 보통 보기 플레이는 하지. 내가 운동신경이 없어서, 실력이 잘 안 늘어."

"전 보기 플레이도 드물게 합니다. 특히 거리가 안 나서 설움 많이 받습니다. 골프가 체질에 안 맞는데 직업상 안 칠 수도 없고, 고민입니다. 필드에 억지로 나가긴 합니다만 스트레스 엄청 받습니다. 골프 잘 치는 사람 보면 존경스러워요."

"사실, 나도 비슷해. 사업상 어쩔 수 없어서 치는 거지. 운동도 별로 안 돼."

"스코어에 집착 안 하려고 해도, 그래도 엄청 신경 쓰이데요. 져서 기분 나빠, 돈 잃어 기분 나빠, 밥 사서 기분 나빠, 정말 죽을 지경입니다."

"어이구, 그 정도야! 그렇다면 그만둬야지. 이것저것 생각하지 말고 당장 그만둬!"

"아무래도 그래야 하겠지요. 근데 형님, 요즘 공장 쪽 일은 어떠세요? 잘 돌아가지요."

처남은 고개를 끄덕이더니 떠듬거리며 조심스럽게 말했다.

"응, 기술이 좀 희소하다 보니 해외에서도 문의가 많은 편이야. 근데, 요즘 사람 구하기가 어려워서 애로가 많아. 중소기업에 입사하려는 인재가 거의 없어. 아무나 채용할 입장도 아니고, 걱정이야."

"형님, 그런 건 우리나라 중소기업 하시는 분들의 공통 애로사항입니다. 그래서 하는 말인데요. 살짝 한 발 빼는 겁니다. 증시에 상장하는 걸 한번 진지하게 생각해보시죠."

처남은 눈썹을 살짝 올리며 되물었다.

"뭐라고?"

"기업을 공개해 증권시장에 등록하는 거지요. 형님 사업체는 기술력도 있고 성장성도 확실하잖아요. 그 정도 되면 외부 자본을 모집해서 몸집을 키우는 게 좋습니다. 혼자 끙끙거리며 안고 있을 때가 아닙니다. 형님이 피땀 흘려 이 정도로 키워놨으니 이제 보상도 받고 커가는 모습을 보며 느긋하게 큰 시선으로 조망할 필요가 있습니다. 비상장으로 두기엔 너무 아까운 회사입니다"

처남은 팔짱을 끼고 한숨을 쉬며 말을 이어갔다.

"사실, 예전에도 몇 번 말은 들었지. 근데 나는 솔직히 잘 모르겠더라. 내 손 떠나는 느낌도 좀 그렇고, 주식 투자판에서 숫자놀음하는 사람들하고 부딪치고 싶지도 않아. 그 사람들 도대체 믿음이 안 가. 내 귀한 자식을 진창에 내다 버리는 것 같아서 상장 그거 차마 못 하겠더라고."

주호는 부드럽지만 단호하게 말을 받았다.

"그렇죠, 형님 스타일의 창업자가 대부분 그렇습니다. 그런 거 싫어하는 거 압니다. 근데 요즘은 투자자들도 기술과 성장성을 보고 투자합니다. 철이 없어 보여도 똑똑합니다. 투자 기회를 줄 필요가 있습니다. 글고, 형님이 주도권 놓지 않고도, 작전 잘 짜면 충분히 통제 가능한 방법이 있습니다. 오히려 자금 여유도 생기고, 지금보다 훨씬 안정적인 상태에서 큰 그림을 그리고, 도약의 호기로 활용할 수도 있고요."

마트에 갔던 두 여인이 안줏거리를 한 보따리 사 들고 들어왔다. 두 사람은 잠시 대화를 멈추고 급하게 술판을 차렸다. 두 여인은 식탁에 마주 앉아 과자와 콜라를 마시며 수다를 떨기 시작했다. 이야기판의 주도권이 식탁으로 넘어간 듯했다. 주호는 아내에게 좀 조용히 이야기하라는 무언의 신호를 보냈다. 오늘 여기 온 이유를 잘 아는 터라 아내는 그의 신호를 재빨리 캐치해 목소리 톤을 낮췄다. 처남댁도 아내의 수준에 맞춰 목소리 톤을 낮췄다.

주호는 원샷으로 첫 잔을 비웠고 처남도 술이 당긴 듯 단숨에 첫 잔을 비웠다. 술의 명성에 걸맞게 목 넘김이 좋았다. 좋은 술이라는 선입견 때문인지 두 사람은 자기가 상대방보다 더 많이 마셔야 한다는 듯 앞다투어 잔을 비워댔다. 술기운이 오르자 주호는 끊어졌던 화제로 다시 돌아가 기업공개 이야기를 이어갔다.

"형님, 제가 기업공개의 전문가인데, 제가 책임지고 잘해볼 테니까, 절 믿고 우리 회사에 기업공개를 한번 맡겨 주시죠."

처남은 잠시 생각에 잠겼다가 술 한 잔을 입에 털어 넣고 나서 다시 말을 이어갔다.

"내가 만든 걸 남에게 맡기는 거, 그게 정말 꺼림칙했거든. 근데, 확실히, 나 혼자 끌고 가기엔 벅찬 구석이 있긴 해. 계속 확장하지 않으면 넘어진다는 부담감도 크고 말이야."

"형님, 이건 그냥 사업 확장만의 문제가 아니라 다음 세대한테 사업을 어떻게 넘겨줄 거냐, 그 시스템을 선택하는 일이기도 합니다. 사업체도 동물처럼 온실에서가 아니라 야생에서 영속적으로 스스로 살아나가는 힘을 키워줘야 하거든요. 사업체도 생명이 있는 유기체라 생각해야 합니다. 상장은 시장에 내보내 평가받고 투자받는 방법일 뿐만 아니라 미래를 설계하는 장치라고 생각해야 합니다."

처남은 마침내 고개를 끄덕이며 화사한 미소를 지었다.

"이 서방한테 그런 말을 들으니까, 생각이 좀 바뀌긴 하네. 다음 주에 시간 한 번 내봐. 정식으로 의논 좀 해보세. 아무래도 회사 관계자들을 만나서 컨설팅도 받아봐야겠지."

주호는 활짝 웃으며 처남에게 러브샷을 제안했다.

"형님, 그 결정 절대 후회 안 하실 거예요. 제가 책임질게요. 형님, 곧 갑부 반열에 오를 겁니다."

두 남자 쪽의 눈치를 살피며 관심 없는 척 엿듣고 있던 두 여인도 환호하며 박수를 쳤다. 분위기가 고조되자 두 여인도 두 남자와 합석해 함께 샴페인을 터뜨렸다.

분당 아파트 단지의 풍경이 한눈에 내려다보였다. 유난히 잘 정돈된 모습이 마치 성공의 청사진처럼 느껴졌다. 단단한 마음을 뚫고 들어가 뿌리 깊은 편견을 극복한 끝에 처남을 그의 의도된 청사진 속으로 끌어들인 그 자신이 대견했다. 그렇지만 남다른 열정으로 무에서 유를 창조한 사람을 결단코 실망하게 만들고 싶진 않았다. 그동안의 기여에 대해 충분히 보상해주고 싶었고, 인간적인 신뢰에 대해 그에 상응하는 보답을 해주고 싶었다.

어느덧 주호는 큰 청사진의 중심에 서 있었다. 열정, 자부심, 도전정신 등으로 다져온 공든 탑의 운명이 그의 손에 달려 있었다. 이마에 땀이 맺히고 어깨가 무거웠다. 창발적 도전의 성취감을 파고드는 근거 없는 어두운 그림자가 승리에 취한 교만한 마음을 슬며시 비집고 들어왔다.

커튼에 가린 룸 안은 부드러운 조명에 하얗게 질려 있었다. 탁자 위 붉은 식탁보엔 검은 도자기 커피잔의 그림자가 살짝 드리워 있었고, 반쯤 남은 커피는 식은땀처럼 번들거렸다. 커피 받침에 걸쳐진 은색 티스푼은 구색만 갖춘 장식에 불과한 그의 처지를 아는 듯 숨죽인 채 납작 엎드렸다. 커튼 틈새를 비집고 들어온 옅은 네온사인 불빛이 도둑고양이처럼 안을 슬쩍 엿봤다.

격한 마음을 가라앉히려는 듯 턱을 괸 채 눈을 감고 있던 주호의 처남이 침묵을 깨고 말문을 열었다.

"이 서방, 지금 상황이 엄청 심각한 것 같은데… 내가 잘못 알고 있는 건 아니겠지? 검찰이 우리 계획을 유리알처럼 들여다보고 있는 거 같지 않아?"

주호는 고개를 끄덕이면서 힘없이 처남을 건너다보며 마지못해 대답했다.

"형님, 차명계좌 몇 개가 추적당한 것 같습니다."

"이 서방! 그 계좌, 절친 명의라고 하지 않았나?"

"맞습니다, 형님. 제 절친 맞고요, 나름 철저히 관리한다고 했는데, 결국 이렇게 됐습니다. 면목 없습니다, 금융정보분석원에서 수상한 조짐을 포착했겠지요."

처남은 한숨을 내쉬며 주호를 원망했다.

"난 이 서방, 자네를 철썩같이 믿었는데… 그 대가가 겨우 이거야. 다들 유무상증자하고, 부풀려서 빼돌리고, 기업가치 올려놓고 팔아서 먹튀한다는, 그런 항간에 떠도는 말만 믿은 내가 바보지, 내가 너무 태무심했어. 이제 와서 누굴 원망하겠나. 솔직히 말해서, 내가 귀가 얇았고, 조금 조급하게 밀어붙인 건 맞지만. 그래도 그렇지. 이 서방! 날 시궁창으로 끌어넣은 자네 잘못이 제일 커!"

"맞습니다, 형님. 죽을 죄를 졌습니다. 근데 왜 우리만 엄격한 잣대를 들이대서 끈질기게 물고 늘어지는지 모르겠습니다. 다들 잘 빠져나가는데… 안 그렇습니까? 형님."

"설상가상, 공시까지 거짓으로 했으니, 빼도박도 못하게 생겼어."

"미국 A사와 기술제휴 계약 체결하고, 또 B사와 MOU를 체결한 거 말이지요."

"그것도 자네가 저지른 저지레 아니야! 글로벌 모멘텀 만들어야 한다고 하면서… 사자 세력이 붙으려면 무슨 건덕지가 있어야 한다고… 자네가 거짓 소문을 내고 그걸 시장에 퍼트렸지 않았나? 왜 그런 터무니없는 거짓 공시를 했어? 그때, 내가 막고 나서서 애프엠 대로 바로 바른길로 돌아왔어야 했는데…, 빠져나올 기회가 있었는데, 내가 걷어찬 셈이야. 아마, 내가 뭣에 씌었나 봐."

주호는 머리를 조아리며 괴로운 듯 얼굴을 일그러트렸다.

"제가 돌았나 봐요. 다만, 저는 형님의 이익을 최대한으로 확보하기 위해 그런 무리수를 둔 겁니다. 지금 돌아보니, 제가 형님을 죽는 길로 인도했네요. 제가 미쳤나 봐요."

주호는 머리를 두 손으로 싸매고 괴로워했다.

"제 책임을 떠넘기지 않겠습니다. 검찰이 자본시장법 위반, 고의적 허위공시, 위계에 의한 부당이득, 배임, 시세조종 등 혐의를 들고나와 형님을 걸어 넣으려 할 겁니다. 형사사건으로 기소한다면 실형 받을 가능성도 큽니다. 형님은 무조건 다 몰랐다고 하고, 모든 책임을 저한테 돌리십시오."

주호의 자책성 발언에 처남은 턱을 만지며 천정을 보며 결연하게 말했다.

"자네 선의는 잘 알지. 피할 수 있는 길은 없겠나? 돈은 아무리 많이 들어도 좋아."

"형님, 세 가지 대응 시나리오를 생각해봤습니다. 첫째, '몰랐다'고 선을 확실히 긋는 방법입니다. 외부 전문가의 컨설팅을 받은 실무진 판단에 모든 걸 완전히 맡겼고, 형님은 기술만 알 뿐, 관리 쪽은 잘 모르고, 신경 쓰지도 않았다고, 거듭 주장하는 것이지요. 둘째, '나쁜 의도는 전혀 없었다'는 등 동정을 구하는 전략이죠. 허위가 아니라 무지와 오해에서 비롯된 착오였고, 시장의 기대와 괴리가 컸을 뿐이다. 라고 둘러대는 겁니다… 뭐, 그런 식으로 대응하는 거지요. 마지막으로, 검찰과 협상하는 방법이 있습니다. 일종의 거래라 할 수 있죠. 일부 자잘한 혐의를 쿨하게 인정하고 벌금형 또는 집행유예 선에서 타협하는 방안입니다. 사실, 어느 것 하나, 선뜻 선택하고 싶은 건 없습니다. 형님같이 법 없이도 살 분은 특히나 더 그렇죠. 난감할 겁니다. 죄송합니다, 형님!"

"참, 돌아버리겠구먼! 바보 같지만, 나는, 모두 다 자네가 완벽하게 처리하고 잘 마무리해줄 줄 알았어. 난 상장만 되면 조금 정리하고 좀 쉬고 싶었거든. 그게 허망한 꿈이었나 봐."

"미안합니다, 형님. 면목이 없습니다. 어쨌든, 저는 최종적으로 이렇게 정리하고 마무리하고 싶습니다. 형님은 비록 대표이사이긴 하지만, 기술만 아는 사람이라, 기업공개 건은 다 전문가에게 맡겼다. 자본시장의 공정성과 규제를 존중하며 상장 준비를 성실히 진행할 생각이었다. 그러나 실무진의 판단 착오와 외부 전문가의 주제넘은 컨설팅으로 인해 공시 오류 및 절차상 잘못이 발생했다. 그렇게 주장하는 거지요. 설사, 안 먹혀도 끝까지 우기는 거지요."

"이 서방, 자넨, 어떡하고?"

"형님, 제가 다 책임져야죠. 저는… 기업공개 책임자로서 또 사적으론 대표이사 매제로서, 책임져야 하는 부분에선 확실히 책임을 져야죠. 피하려고 해봐야 피할 수도 없습니다. 허위공시 혐의는 법무팀의 단순 착오라고 억지를 써야 하고, 차명계좌는 투자 유치를 위한 전략적 분산, 최대한 양보해서, 경영권 수호 차원에서 편법을 조금 동원했다는 정도로 프레임을 짜야 합니다. 유능한 전관예우 대상 변호사를 사서 잘 대응해야지요."

"이 서방, 벌금 또는 최악의 경우, 집행유예까진 각오하고 있지만, 그래도 난 감방에 가고 싶진 않아. 그건 자네도 마찬가지겠지만. 가족 보기도 그렇고… 결과가 어떻게 될 거 같나? 솔직하게 말해봐."

"형님, 가능한 모든 방법을 다 동원해서 최선을 다해 방어해봐야겠지요. 비록 우리가 잘못했지만 말입니다. 다행히 언론 쪽에선 아직 낌새를 못 챈 듯합니다. 전관예우가 끝나지 않은 법원장 출신 파트너와 검사장 출신 파트너가 있고, 증시 관련 금융 사건을 제일 잘하는 법무법인을 알아보겠습니다."

처남은 고개를 떨구며 비장하게 말했다.

"살다가 보니, 별일을 다 당하는군! 정말 어이가 없어! 내가 과욕을 부린 건가?"

주호는 커튼을 젖히고 창에 기댄 채 한강을 내려다봤다. 빤짝이 옷을 걸친 달빛은 말없이 손을 흔들며 너울너울 춤을 췄고, 검은 비단에 싸인 보석처럼 화사한 미소를 머금은 별빛은 흐르는 강물의 어깨 위에 올라타 공중제비를 돌았다. 밤바람에 흔들리는 원효대교의 가로등 불빛이 얼룩처럼 번졌다가 이내 잿빛 도시의 어두운 틈새로 슬며시 숨어들었고, 다리 위엔 꼬리를 잇는 차량의 붉은 차폭 등이 상처 난 혈관 속의 응고된 혈액처럼 슬픈 눈으로 허공을 쳐다봤다.

의좋은 형제

 입사시험 합격자 발표를 기다리는 마음은 그 누구라도 불안하고 초조하다. 합격과 낙방을 왔다갔다 하기 일쑤다. 합격에 대한 기대감으로 가슴이 벌렁거리다가 곧 낙방에 대한 불안감으로 가슴이 철썩 내려앉는다. 객관식 시험은 그나마 예측이 수월하지만, 논술식 시험은 그야말로 오리무중이다. 시험 칠 땐 자신 있게 써 내려가지만 돌아서서 돌이켜보면 뭔지 모르게 미흡하고 빠트린 내용이 하나둘 떠오르게 마련이다. 그러다 보면 당락에 대한 불확실성이 마음을 온통 들쑤셔놓는다. 낙방의 두려움과 합격의 기쁨이 번갈아 고개를 쳐들곤 한다.

 합격자 발표일이 다가올수록 낙방 쪽으로 무게중심이 기우는 건 보수적이고 신중한 성격 탓이다. 성실히 학업에 임해온 대학 생활, 좋은 일자리를 얻기 위해 공부의 끈을 놓지 않고 꾸준히

버텼던 지난 세월을 생각하면 조금 안심이 되긴 했지만, 그래도 여전히 걱정이 태산이다. 취업 문이 바늘구멍인 데다 경제학을 전공한 수재들이 한국은행에 벌떼처럼 몰려들었기 때문이다. 불안과 긴장이 끊임없이 가슴을 할퀴고 마음을 쥐어짜는 듯하다. 그 오랜 학창시절 내내 모범생으로 살아왔다. 그런 까닭에 주변으로부터의 기대가 한껏 높았고, 그에 대한 부담감이 어깨를 내리눌렀다. 이젠 보이지 않는 압박으로 변신해 정수리를 마구 짓밟았다.

그러한 복잡한 마음은 시간이 지날수록 더욱 강해졌고, 합격자 발표가 다가올수록 불안감이 더욱 깊어졌다. 이 혼란한 마음고생은 더 나은 미래를 향한 진통으로 독한 마음을 먹고 이겨내야 할 것이지만, 만사 그렇듯이 그게 마음먹은 대로 잘되지 않았다. 숨이 막힐 듯 답답한 긴 세월을 책을 보면서 지금까지 삭이고 단련해왔는데, 이 정도쯤이야 싶지만, 그래도 곧 터질 듯, 폭발할 듯, 위태위태한 순간을 견뎌내는 일은 여전히 매번 힘들다. 마지막 스퍼트가 늘 고비다.

함께 응시했던 쟁쟁한 경쟁자의 얼굴들이 떠올랐다. 눈을 감고 고개를 절레절레 흔들었다. 누구 하나 만만한 사람이 없다. 엄마 아빠의 응원과 기도가 힘이 됐다. 다소 과해 보이는 엄마의 애정 넘치는 관심이 프라이버시를 침해한 적이 한두 번이 아니고, 그때마다 겉으론 역정을 냈지만, 돌아서선 정성과 진심에 늘 짠했다. 사랑받는 기분은 질리지 않는 기쁨이다. 아빠는 눈치를 슬슬 보며 엄마에게 실효성 있는 후원을 재촉하지만, 직접 대놓고 도움을 주진 않았다. 그 디테일한 방법만 모를 뿐, 그 마음이야 오죽하랴. TV에서 영화를 보다가 중간 광고시간을 참지 못해 이리저리 채널을 돌리는 마른 성격인데, 아들의 취업 준비 기간이 더 늘어진다면 아마 인내하기 쉽지 않을 터다. 하지만 엄마 아빠의 사랑이 무한 에너지원인 건 틀림없다.

드디어 디데이다. 엄마 아빠의 얼굴을 떠올려보기만 해도 마음이 든든하고 편안하다. 자신감과 용기가 솟아나는 듯하다. 아마 잘될 거야. 왠지 감이 좋아. 한국은행 홈페이지를 검색해 들어갔다. 신입 행원 합격자 발표 팝업창이 떠 있었다. 팝업창으로 들어가 합격 여부를 조회했다. 짧은 순간이었지만, 긴장과 초조가 가슴을 할퀴는 듯하다. 불합격. 쪼그라들었던 마음이 풀어져 푸근하게 가라앉았다. 문득 시험장에서 만났던 같은 학과 친구 오세제의 합격 여부가 궁금해졌다. 그는 워낙 똑똑한 친구라 아마 합격했을 터다. 그의 생일을 알고 있으니 그 합격 여부를 조회해볼 수 있다. 함께 떨어져 주길 바라면서 그의 이름과 주민번호 앞자리를 쳐넣었다. 합격.

제기랄. 내 불합격보다 그 친구의 합격에 더 속이 뒤집혔다.

실망과 낙담, 그리고 부러움과 질투가 뒤얽혀 기괴한 감정 속으로 빠져들었다. 지적 능력에 대한 열등감과 좋은 전리품을 빼앗긴 데 대한 열패감에 몸이 떨리고, 감당할 수 없는 자괴감과 슬픔이 덮쳐왔다. 노력이 부족했던 것인지, 아니면 단순히 운이 없었던 것인지, 그도 아니면 타고난 머리가 나쁜 것이지, 그도 저도 아니면 그 모두 다 해당하는 것인지, 수없이 되짚어 생각해봤다. 그 친구의 합격을 축하해 주고 싶지만, 정말 마음이 내키지 않는다. 자신의 실패가 너무 무겁게 머리를 내리눌러 골치가 지근지근 아프다. 지금 이럴 때가 아니다. 정신 차려!

이러한 상황에서 진심으로 축하해 주지 못하고, 그 친구를 부러워하며, 자신의 실력을 탓하는 게 맞을 수 있다. 비관적인 기분에 빠져 소중한 시간을 낭비하는 것은 자신에게도, 가족에게도 전혀 도움이 되지 않는다는 사실을 잘 안다. 실망과 낙담, 질투는 이러한 상황에서 자연스럽고 인간적인 감정이지만 그래도 그런 감정이 낯설고 받아들이기 어렵다. 내가 그보다 못한 게 없다는 생각이 떠나지 않는다. 슬프고 우울한 감정에 휩싸여 마음이 천길 심연으로 가라앉는다. 어깨가 처지고 기운이 빠져나간다. 심장이 상하고 분해서 눈물이 핑 돈다. 대충 수습된 줄 알았던 마음이 다시 어수선하다.

그러고 보니 그렇다. 앞날이 암담하다. 내가 시험에 떨어지다니! 새로운 다짐과 도전이 필요하다. 실패는 끝이 아니라 새로운 시작을 위한 준비 과정일 뿐이다. 이 쓰라린 경험을 계기로 나 자신의 부족한 점을 되돌아보고, 앞으로의 방향을 고민해야 할 때다. 또한, 남의 성공을 진심으로 축하할 수 있는 여유를 가져야겠지. 친구의 성공이 나의 실패를 의미하지 않으며, 오히려 학연과 인맥이 빵빵해져 앞으로 살아가는 데 도움이 될 날이 있을 거야. 힘내자! 제길, 그래도 가슴이 아려오는 걸 어찌하랴!

지금까지 대학입시를 포함해서 여러 번의 시험을 치렀지만, 낙방은 이번이 처음이다. 처음 시험에 떨어져 보니 이 상황을 어떻게 극복해야 할지 모르겠다. 실망과 낙담, 질투와 슬픔의 감정을 극복하고 자신을 단련·발전시키는 계기로 삼아야겠지. 여유를 갖고 자신을 믿으며, 옹차게 준비해서 다음 기회를 노려야겠지. 실패는 성공으로 가는 길을 가로막고 있는 작은 장애물에 불과하며, 이를 극복하는 과정에서 더 강해지고, 더 성장하는 거야. 괜찮아, 여기서 말 수는 없지. 가는 거야, 고지가 바로 저긴데. 그래도 마음이 쉽사리 따라오지 않는다.

이런 상황에 적응이 잘 안 된다. 자기 최면, 말이야 쉽지만, 그걸 직접 시도해보니, 정말 만만치 않다. 그런 시도가 작위이고 그 목적을 뻔히 아는 까닭에 마음의 문을 닫고 건성으로 주문을 외니, 효과가 있을 리 만무하다. 실패는 성공의 어머니이긴 하겠지만, 극심한 산통이 있어야 애를 낳듯이 큰 고난 없이 순탄하게 성공을 출산할 리가 없다. 그래도 여기서 그냥 주저앉고 포기할 순 없지 않나. 권토중래는 선택이 아니라 필수다.

한술 밥에 배부르랴. 살아남겠다는 의지가 있다면 선택의 여지가 없는 거야. 될 때까지 끊임없이 해보는 거다. 온실의 화초처럼 엄마 치마폭에 싸여 엄친아로 살아왔다고, 남들이 그렇게 말하고, 나도 또한 그리 생각해왔지만, 이제 온실의 화초가 아님을 보여줘야 할 때다. 헐! 내 안에 이런 잡초 같은 질긴 생명력이 있었다니, 새삼스럽고 놀랍다. 포시랍게 자랐다고 하지만, 야생에서 도태되지 않고 위기에서 기회를 잡는, 그런 잡초 같은 강인한 능력이 잠재하고 있었다는 사실이 다행스럽다 못해 자랑스럽기까지 하다. 곰곰이 생각해보니, 이건 신이 준 색다른 선물이고, 한 단계 더 도약하기 위한 호기다. 억지 같지만, 그래도 조금 위안이 되네.

나는 또 이렇게 자위하고 적응해 간다지만, 자기 합리화라 빈정댄다 해도 어쩔 수 없고, 나를 굳게 믿고 후원해온 엄마 아빠에게 이 사태를 뭐라고 설명하고 어떻게 해명하나? 참 난감하다. 평생 겪어보지 못한 일이라 당혹스럽다. 하지만 엄마 아빠는 무조건 내 편이 돼 줄 건 확실할 터, 오히려 내가 낙심하고 절망할까 봐, 당신보다 나를 더 걱정할지도 몰라. 아마 그럴 거야. 그럼 엄마 아빠는 그렇다 치고…

어중간한 주변 사람들이 문제군. 지인이라 하더라도 내가 최고 직장이라 할 수 있는 한국은행에 응모한 걸 모른다면 굳이 걱정할 필요조차 없다. 단번에 범위가 엄청나게 좁혀지는군. 함께 응모한 같은 과 친구와 스터디그룹 멤버 정도로 압축되는군. 다들 수재에 책벌레이긴 하지만, 한국은행 입사가 쉽지 않다는 사실 정도는 다 알기에 거기에 낙방했다는 게 자존심 상하고 부끄러운 일은 아닐 거야. 그렇지만 게 중에 함께 응모해 합격한 친구가 있으니, 그게 자존심 상하네. 내가 그보다 못한 게 없는데 말이야. 아이, 창피해!

생각난 김에 한국은행 합격 현황을 확인해 보았다. 홈페이지 팝업창에서 개별적으로 확인하지 않고 공지사항에 들어갔다. 성과 휴대폰 뒷번호만 표시되고 나머진 별표 처리된 합격자 발표가 눈에 들어왔다. 휴대폰으로 뒷자리 번호를 검색해보니 저장된 번호 중에는 해당자가 하나밖에 없다. 오세제. 내가 아는 사람 중 합격자는 그가 유일하다는 의미다. 그는 머리 좋고 실력 있기로 소문난 친구다. 그나마 다행이라 해야 할까.

경제학과 출신 수재들이 선망하는 최고 직장인 한국은행에 꼭 들어가고 싶었는데, 막상 낙방하고 보니 심장이 상하고 참 안타깝다. 한국은행에 꼭 가려고 한다면 일 년을 더 기다릴 각오를 해야 한다. 일 년, 까마득하다. 그 기간을 도저히 참을 수 없을 듯하다. 그렇지만 그냥 이대로 포기하기엔 너무 아쉽다. 재수도 안 하고 단번에 최고 명문대학에 합격했는데, 그랬던 내가, 이제 졸업을 앞둔 막바지에 직장을 못 구해서 취업 재수를 하게 될 줄이야! 대입에 낙방해 재수하는 사람을 보고 루저라고 측은하게 생각했는데, 내가 이렇게 될 줄 꿈에도 생각하지 못했다.

재수해 다시 도전할 생각이 없으면 딴 길로 가는 수밖에 없다. 유학 후 국제기구나 컨설팅 전문 다국적기업 또는 국립경제연구원 등 다른 선택지가 전혀 없는 건 아니다. 그 다른 선택을 하기 위해선 미국이나 영국의 최상위권 대학에서 학위를 받는 과정이 필수다. 학부만 마치고 바로 사회에 진입하고 싶었는데, 다시 학교로 돌아갈 생각을 하니 난감하다. 유학은 그냥 되나. 해외 유명 상위권 대학으로 가려면 유학 준비도 빡세게 해야 가능하다. 그야말로 갈수록 태산이다.

다른 일상적인 학생처럼 연봉 높은 대기업에 들어가는 방법도 있다. 기업 쪽으로 가서 빛을 보려면 이공계 쪽이 발전성이 있고 비전도 있다. 경제학 전공자는 차별성이 있는 직장으로 가야 전공을 살리고 제대로 대우받는다. 그건 기본이다. 그렇다고 그냥 아무 금융기관으로 가자니 쪼잔한 자존심이 허락하지 않는다. 그게 최대 장애물인 셈이다. 제 잘난 맛에 사는데, 자존심을 버린 삶은 상상할 수도 없다. 제기랄! 내 성격에 편하게 살긴 글렀다.

폰을 열고 스터디그룹 카페로 들어갔다. 회원은 총 일곱 명으로 단출하다. 모두 다 학과 동기로 나름대로 쟁쟁한 실력자다. 내가 오세제의 한국은행 합격 소식을 전하고 축하 멘트를 올렸다. 연달아 축하 인사가 올라왔다. 다섯 명이 복사해 붙인 듯 똑같은 축하 인사를 올렸다. 마지막 멤버가 한동안 반응이 없다가 축하한다는 이모티콘을 올리고, 축하 세리머니를 마무리했다. 폭죽이 터졌다. 기다렸다는 듯 오세제가 고맙다는 이모티콘과 하트를 띄워 답했다.

오랜만에 도서관에 가기 위해 학교로 갔다. 산에서 밀려온 스산한 기운이 캠퍼스를 감싸고 돌았다. 시간이 멈춘 듯한 고요함과 겨울만의 비장함이 살짝 낯설긴 했지만, 일상의 분주함에서 벗어나 상처 입은 마음을 치유하기 좋은 분위기였다. 산기슭에 자리 잡은 캠퍼스는 겨울이 되면 조용하고 평화로우며 겉으론 한 폭의 수채화처럼 아름답게 보이지만, 그 속엔 숨 막히는 경쟁의 장이 펼쳐지고 있다. 나무들과 건물들 사이로 산책하는 학생 모습이 간간이 보이지만 왠지 쓸쓸한 여운을 남긴다. 희끗희

끗 반백이 된 관악산의 머리가 중후한 멋을 풍기긴 하지만, 졸업을 앞둔 미취업 학생의 눈엔 동양화 속의 배경처럼 비현실적인 풍광으로 비쳤다.

도서관은 조용한 가운데 학구열로 달궈져 겨울답지 않다. 미국 유학 정보를 탐색하고자 자료실로 들어갔다. 마침 자료실에서 머리를 식히며 포천 잡지 최근호를 보던 스터디그룹 친구와 눈이 마주쳤다. 주만제였다. 그 친구는 잡지를 제자리에 갖다두고서 나에게 나가자는 듯 손짓을 했다. 우린 자연스럽게 카페로 가서 커피를 마셨다. 그는 나를 만나고 싶었다며 말문을 열었다.

"오세제가 한국은행 합격한 거 사실이냐?"

"당근이지. 내가 확인해봤어. 나도 거기 쳤거든. 비록 떨어졌지만… 창피하니까, 다른 친구한테 얘기하지 마라."

"그래? 난 금융감독원에 응모했는데 떨어졌어. 이건 우리 둘만의 비밀로 하자. 몇 명 뽑지도 않으니까, 들어가기 정말 힘들어. 떨어지는 게 정상이고, 되는 놈이 비정상이야. 한국은행은 더 어렵지. 한국은행은 정말 신의 직장이지. 너 정도면 충분히 갈 수 있을 텐데…, 안타깝다. 실력도 실력이지만 운칠기삼이라고 안 하나."

"그렇게 말해주니 위로가 되네. 고맙다."

"그건 그렇고, 이상한 게 하나 있어. 내가 감독원 필기시험을 치러 갔다가 오세제를 만났거든, 그 친구도 감독원에 응모했더라고. 한 자리 뺏겼다고 생각하니 기분이 좋지 않더군. 근데, 감독원에 시험 쳤던 놈이 어떻게 한국은행에 합격할 수 있나? 두 곳의 1차 필기시험 일자가 같은 거, 너도 알고 있잖아. 홍길동도 아니고 어떻게 그럴 수 있나. 니가 합격 소식 올릴 때, 그 사실을 카페에 올리려고 하다가, 괜히 꼬장부리는 거 같아, 참았지."

"그 참, 이상한 일이네. 그야말로 귀신이 곡할 일이네. 나도 두 곳을 두고 견주다가 한국은행을 선택했지. 복수 합격을 막기 위해 양 기관의 협조로 같은 날짜에 동시에 시험 친다더라. 그럼 오세제는 감독원에도 합격했나?"

"아니, 그게 이상해. 세제는 필기시험에 합격했는데, 실기와 면접에 불참해서 낙방했다고 하더라고. 한 다리 건너면 다 알잖아. 감독원 합격자 중에 고교 동기가 있어서 알아봤거든. 어려운 필기시험을 뚫고서 실기와 면접을 포기하는 일이 감독원엔 거의 없었는데. 그런 일이 실제로 일어나다니 진짜 이상하잖아. 그런 특이한 일은 저절로 드러나는 법이거든. 희귀하게도 결시자가 있었으니, 눈에 바로 띈 거지. 경쟁률이 떨어질 거니 응시자들이 다들 좋아했을 거 아니야."

"어떻게 그런 일이 발생할 수 있지? 그건 물리법칙에 반하는 불가능한 일이지 않니?"

"그렇지. 같은 시간 다른 장소에 동일물체가 동시에 존재할 수 없지. 지금까지 깨지지 않은 절대 물리법칙이지."

"참 이상한 일이네."

"그건 그렇고, 그런 신의 직장에 합격하는 놈은 도대체 어떤 놈이야? 우리도 결코 만만찮은 편인데, 보기 좋게 미역국 먹었잖아!"

"우리 학교 출신 유학파가 많다더라. 학부 졸업하고 바로 붙은 놈은 아마도 오세제가 유일할 걸."

"어쩐지, 나이 많은 놈들이 여럿 보이더라. 가고 싶은 직장에 가려면 부득이 유학 갔다 와야 되는 갑다. 억지로 유학 가라고 등 떠 미는 구만."

친구는 도서관으로 들어가고 나는 자주 가던 호수로 갔다. 호숫물이 꽁꽁 얼어붙었다. 큰 산의 그림자에 갇혀 기온이 더 떨어져서인지 제법 겨울다운 광경이다. 겨울이 겨울답다. 도서관에서 책을 보다가 갑갑하면 호수 인근 벤치에 앉아 머리를 식히곤 했다. 추위를 타는 듯한 낡은 건물과 뼈를 드러낸 앙상한 나무가 을씨년스럽게 웅크리고 몸을 사렸다. 잔뜩 움츠러든 캠퍼스에 회오리바람이 휩쓸고 지나가며 겁을 주었다. 호수는 늘 보던 구면이었지만 마치 처음 보는 이방인처럼 어색한 표정을 지으며 스멀스멀 멀어져갔다.

한국은행 홈페이지에 들어가 이리저리 분위기를 살폈다. 마음을 단단히 먹고서 자유게시판에 들어가 글쓰기를 클릭했다. 써야 하나, 말아야 하나, 그것이 문제다. 시기와 질투의 문제가 아니라 공정과 정의의 문제다. 그래도 망설여졌다. 의문 사항이 정상적으로 해명되면 누구에게도 해가 전혀 없을 터고, 만일 어떤 부정한 사실이 드러나면 공정과 정의 차원에서 시정돼야 할 터다. 그럼에도 불구하고 거듭 망설여지는 까닭은 인간적인 정 때문일 것이다. 양심의 문제는 결단코 아니다. 양심의 명령은 오히려 불의를 고발하는 것이다. 인정보다야 건전한 시민의 고발정신이 우선돼야 마땅하다. 그런데, 나보다 먼저 알아차린 주만제, 그 친구는 침묵하고 있는데, 내가 왜 총대를 매고 손에 피를 묻혀야 하나? 남을 끌어들여 핑계로 삼는 건 비겁하다. 이건 친구 이전의 문제다. 정의와 공정을 구현하고 중차대한 헌법적 가치를 지키는 일이며, 어쩌면 시민의 의무다.

오랜 망설임 끝에 불가사의한 의문을 일목요연하게 정리해 적어 올렸다.

"한국은행 합격자 중 금융감독원에 이중 응시한 자가 있다고 한다. 같은 날 동시에 다른 곳에서 실시된 시험에서 동일인이 어떻게 양쪽에 시험을 치를 수 있나? 이는 물리적으로 불가능하다. 어떻게 된 일인지, 그 진실을 알고 싶다. 이 사안의 의문을 명백히 밝혀주는 건 한국은행과 금융감독원의 의무다. 즉각 조사해 진실을 밝히고 상응한 조치를 취해 주길 바란다."

글을 올린 후, 자유게시판의 동향을 계속 지켜봤다. 기다리기 지겨울 정도로 오랜 시간이 지나갔다. 오랫동안 조용하던 게시판이 어느 순간 갑자기 달아올랐다. 한 사람이 보고 여러 사람에게 입소문을 낸 듯하다. 그럴 리가 없다며, 부인하는 글이 대세였다. 그러다가 결국, 인사담당자가 공식 입장을 밝히는 글을 올렸다. 금융감독원과 정보를 공유해 의문을 철저히 조사해 상응한 조치를 취하겠다는 내용이었다.

한편으론 시원하기도 했지만, 허탈한 기분도 들었다. 낙방한 화풀이인 것 같기도 해, 고자질한 처지가 비참하기도 했다. 공식적으로 사실을 철저히 규명해 조치하겠다고 하니, 왠지 살짝 불편하기도 했다. 내가 이 정도밖에 되지 않는가, 하는 자괴감마저 들었다. 그러나 명확히 증명할 순 없지만, 뭔가 반칙이 있다는 감이 잡혀서 내린 결정이었다. 믿지 못할 만큼 깜짝 놀랄 재주를 수시로 보여주곤 했던 오세제가 어떤 초능력을 가진 건지, 궁금한 마음도 암묵적으로 작용했다.

그는 종일 함께 등산 갔다 와서도 다음날이면 길고 어려운 리포트를 놓치지 않고 제출하곤 했다. 언제 어떻게 작성한 건지 모르지만, 그의 리포트는 거의 완벽해 늘 'A 플러스'를 받곤 했다. 다들 혀를 내두르고 그에게 두 손 두 발을 다 들었다. 다들 남을 좀처럼 칭찬하지 않은 오만한 공부의 신들이지만, 오세제에게만은 예외였다. 오세제는 넘을 수 없는 벽, '넘사벽'으로 통했으니까.

한국은행 홈페이지에 글을 올린 후, 나는 버릇처럼 그 홈페이지에 들어가 동정을 살폈다. 평소 잘 보지 않던 인터넷뉴스도 꼼꼼히 살펴봤다. 며칠 지나지 않아서 깜짝 놀랄만한 뉴스가 여기저기에 떴다. 쌍둥이 형제가 한국은행과 금융감독원에 대리시험을 쳤다는 내용이었다. 오세제의 이야기임이 분명했다. 금융감독원 필기시험에 쌍둥이 형이 동생 대신 대리시험을 쳐 합격했으나 동생이 한국은행에 합격하는 바람에 감독원의 실기와 면접에 불참했다는 요지의 뉴스였다. 금융감독원은 이 사건을 검찰에 고발했다고 덧붙였다. 뉴스성이 있어선지 반응이 뜨거웠다.

나는 무릎을 쳤다. 그러면 그렇지. 그제야 그동안 있어 온 오세제의 초능력에 대한 수수께끼가 일부 풀렸다. 수수께끼의 핵심은 쌍둥이였다. 그러고 보니 먼 옛날의 기억이 불현듯 떠올랐다. 고등학교 3학년 때였다. 일란성 쌍둥이 형제가 한 학년에 있었다. 그중 동생과 같은 반이었다. 어느 봄날, 이해할 수 없는 일이 일어났다. 체육 시간에 플라타너스 아래 벤치에 앉아 땡땡이치면서 그 쌍둥이 동생과 나, 단둘이서 소설 독후감을 서로에게 얘기했는데, 그다음 날 그 쌍둥이 동생이 그 일을 완전히 모르는 것이었다. 그 똑똑한 녀석이. 스탕달의 '적과 흑'에 대한 서로의 감상을 교환하고서, 단 하루밖에 지나지 않았는데, 그걸 전혀 기억하지 못하다니! 너무 황당했다. 그는 무척 당황해하더니 배구 하러 간다며 강당으로 들어갔다. 그 후, 그런 유사한 일이 다시 일어나지 않았지만, 그 일은 내 기억 속에 깊이 각인돼 잊히지 않았다. 그 일화를 그가 일란성 쌍둥이라는 정체성과 연계해 생각한 건, 그로부터 시일이 한참 지난 후였다.

대학입시 수학능력시험을 코앞에 둔 어느 날, 옆에 앉아있던 짝꿍이 투덜거리며 내게 말했다.

"아, 정말 죽겠다. 내가 쌍둥이라면 얼마나 좋을까. 입시 과목을 둘로 나눠서 공부하면, 얼마나 좋을까. 그러면 어떤 명문대라도 쉽게 갈 수 있을 거야. 안 그래?"

"그러면 두 사람 중 한 명은 희생해야지. 누가 희생하겠어? 말도 안 되는 소리 그만해라."

"그렇긴 하네. 그러면, 제비뽑기한다든지 해서 한 사람이 먼저 가고 남은 사람은 재수하면 안 될까?"

"하하, 그런 헛소리할 시간 있으면 영어 단어 하나 더 봐라."

"깨갱! 니같은 범생이 하곤 농담도 못해."

짝꿍의 말을 헛소리로 치부하고 받아넘겼지만, 긴 여운이 남은 농담이었다. 일란성 쌍둥이라면 시도해 볼 만한 아이디어로 생각됐기 때문이다.

그 기상천외한 발상이 실제로 일어나고 보니, 헛웃음이 났다. 그 쌍둥이 대리시험 뉴스는 많은 사람의 관심을 끌었다. 일이 너무 커져서 제보자에게 그 불똥이 튀지나 않을지 조심스럽고 불안했다.

그 사건에 관한 기사를 꼼꼼히 읽어보면서 일란성 쌍둥이에 관한 생각이 꼬리에 꼬리를 물고 일었다. 일란성 쌍둥이는 말 그대로 같은 난자에서 나온 관계로 생각과 감정이 통할 가능성이 있고, 유전적으로 동일한 상태에서 동일한 환경에서 자란다면 남다른 정신적 감응과 특별한 유대감을 느낄 수 있지 않을까. 하지만 모든 게 비슷한 까닭에 비록 서로가 잘 통할 수 있겠지만, 경쟁심마저 없다고 할 수 있을까. 각자의 관심사와 성격 등 고유한 면모도 없지 않을 것이다. 삶의 영역에서 공동체적인 차원이 존재하지만, 개인적 프라이버시 공간이 공존하는 것처럼 일란성 쌍둥이 역시 본질적으론 각자 독립된 존재임에 틀림이 없지 않은가. 어쨌든지 오세제와 그 쌍둥이 형의 향후 운명이 험난해 보였다. 오세제의 합격은 당연히 취소될 수 있었고, 그 형은 감방에 갈 가능성마저 있다. 암담하고 비참할 그들의 장래를 상상하자니, 마음이 착잡하고 무겁다.

텔레파시가 통했던지 오세제의 전화가 왔다. 이걸 받아야 하나, 말아야 하나. 받기 싫고 두렵긴 했지만, 받지 않을 수 없었다.

"응, 세제야."

오세제는 뭔가에 쫓기듯이 기어들어 가는 목소리로 내 이름을 불러놓곤, 목을 두어 번 다듬고 나서, 다시 말을 이었다.

"정민아, 음음, 불쑥 전화해선…, 어, 이런 말 해도 되는지 모르겠다. 혹시 오해가 있을까 봐 전화했다. 우리 얼마 전에 한국은행 시험장에서 만났잖아. 근데 쌍둥이 우리 형이 금감원 시험장에서 주만제를 만난 모양이야. 쌍둥이 형이 난 줄 알았겠지? 내 이름을 달고 시험을 쳤으니까. 미리 그런 사실을 얘기해 주지 못해 미안해. 근데 그런 사실이 어떻게 언론에 알려졌는지 모르겠지만, 그런 사실이 보도돼 지금 난리야. 한 곳을 정하지 못하고 보험 삼아 형을 금감원에 보낸 게 잘못이지. 난 한국은행이든 금감원이든 자신이 있었지만, 혹시, 하는 마음에 양다리를 걸쳤더니, 이 사달이 난 거야! 건방지게 들릴지 모르겠지만, 난 정말 열심히 공부하고, 준비했거든. 그렇지만 나 때문에 떨어질지도 모를 사람을 간과했던 건 맞아. 지금 와서 후회해서 무엇하겠느냐만, 그래도 마음이 쓰이네. 정민아, 미안하다."

오세제는 진심으로 사죄하듯 목소리엔 울음이 배여났다.

"세제야, 나한테 왜 미안하냐. 난 아무렇지도 않다. 내가 실력이 부족해 떨어졌는데, 왜 너를 원망하겠니. 넌 늘 나보다 한 수 위였잖아. 이번에도 어쩌면 당연한 결과지. 난 미국 대학원에 진학해서 더 공부할 생각이야."

"그렇지. 그게 전화위복이 될 수 있지. 나도 더 공부해야 할 텐데… 상황이 너무 심각해서 걱정이야. 내 생각이고, 추측인데, 조금 조심스럽긴 한데, 주만제, 그 친구가 많이 섭섭하고, 화가 났던 모양이야. 전화도 안 받네! 혹시 만제를 만나거든 내 마음 잘 전해주고, 화를 풀라고 해줄래. 부탁이야. 난 지금 죽을 지경이야. 우리 형은 잠적해서 어딨는지도 모르고, 엄마 아빠도 몸져누웠다. 갑자기 이게 무슨 날벼락인지 몰라. 다 내 욕심 때문이겠지만, 그래도, 이건 너무 가혹한 거 같아. 흐흑!"

오세제는 북받쳐 오르는 감정을 미처 억제하지 못한 듯 울먹였다. 위로해 주고 싶었으나 어떻게 위로해야 할 줄 몰라 말문이 막혔다.

"세제야, 진정해라. 세월이 약이라잖아. 지금은 어렵겠지만, 조금 있으면 잠잠해질 것이고, 지금 일을 깡그리 다 잊을 거야. 그냥 해외에 나가, 좀 쉬다 오지. 소나기는 피하라잖아."

"정민아, 고맙다. 그럴려고 했지. 그런데, 이젠 그러지도 못하게 됐어. 검찰 수사가 시작돼, 출국이 금지됐어. 형과 나는 잘못이 있으니 그렇다 쳐도, 우리 엄마 아빠는 무슨 죄가 있겠어. 이건 정말 너무 가혹해. 형과 나, 지금까지 정말 열심히 살았는데, 아무도 알아주질 않네. 어릴 때부터 쌍둥이라고 동물원 동물 보듯 했지만, 우린 기죽지 않고 꿋꿋이 버텨냈는데, 다들 정말이지 너무한다는 생각도 들어. 우린 둘이 하나라는 생각으로 서로 돕고 힘을 합쳐 살아오다 보니, 아무 죄의식 없이 대리 출석을 하듯이 대리로 시험을 친 거야. 내가 곧 형이고 형이 곧 나라고 생각했거든. 우린 일란성 쌍둥이니까. 둘이서 실력도 비슷하니까, 그래도 될 것 같았어."

"그렇구나. 사람들이 다른 사람을 관용하고 이해해야 하는 건데…, 우리 사회가 보수적이고 폐쇄적인 데다 옹졸한 면이 있지. 또 얼마나 이기적이고 자기중심적인지, 남이 잘되는 꼴을 못 본다잖아. '사촌 논 사면 배 아프다'는 속담이 통용되는 유일한 나라라잖아. 무고가 가장 많은 나라라는 것도 결코 우연이 아닌 거지."

이런 말을 하고 나니, 조금 낯간지럽긴 했다.

"내가 비관론자도 아니고, 조국을 스스로 비하하는 못난 놈도 아니지만… 이젠, 어쩔 수 없이 이 나라를 떠나야 할 것 같아. 다른 대안이 없어. 일이 수습되면, 우리 가족 모두 이민 갈 계획이야. 미국으로…"

세재는 대한민국에 대한 미련을 버렸다는 듯 가족의 이민 계획을 밝혔다.

"아, 안타깝다. 뛰어난 인재를 둘씩이나 잃어버리는구나! 참 일이 더럽게 되네! 내가 도울 방법이 없네. 세제야, 정말 미안하다. 미안하다, 용서해줘."

"이게 다 운명이라고 봐야지. 잘 살아라."

전화를 끊고 나니, 방망이로 뒤통수를 맞은 듯 한동안 정신이 없었다. 정의와 공정을 수호한다고 벌인 일이고, 엄밀히 죄라고 할 수 없는데, 이 죄책감의 정체는 과연 뭔가. 아마 평생의 상처로 남을지 몰랐다. 마음이 무겁고 참담했다.

주인공이 일란성 쌍둥이라는 사실로 인해 이 대리시험 사건에 관한 사람들의 관심은 유별났다. 언론과 방송의 선정적 보도는 호기심을 자극해 흥미를 끌도록 도왔다. 먹이를 찾아 번득이던 누리꾼이 이를 덥석 물곤 쌍둥이의 신상털기에 나섰다. 형

오세형은 서울대학교 경제학과를 졸업하고 현재 같은 대학교 법학전문대학원에 재학 중이고, 이번에 한국은행에 합격한 동생 오세제는 같은 대학 같은 학과 졸업 예정이라는 사실을 밝혀낸 건 맛보기에 불과했다. 곧이어 그들의 학창 생활과 과거사까지 앞다투어 탈탈 털기 시작했다. 각종 사진, 지능지수, 성적은 기본이고 SNS에 남긴 댓글과 카페와 단톡방까지 추적해 그 내용을 무차별적으로 올렸다. 전혀 무고한 그들 부모에 대한 신상과 과거사까지 털었다.

거침없는 무차별 폭로는 고삐 풀린 망아지마냥 통제 불능이 됐다. 형제가 공인회계사 자격을 가진 사실에 대한 검증도 무자비하게 진행됐다. 형이 한해 먼저 되고 동생이 순차적으로 합격한 사실에 대해 초점이 맞춰졌다. 시험과목을 둘로 나눠 분담해 공부하고, 과목별로 둘이 분담해 시험에 임했을 가능성을 조사하기 위해 논술식 답안지의 필적 감정까지 이뤄졌다. 과연 두 사람의 답안지 필적이 과목에 따라 두 그룹으로 갈렸다. 마침내 그 파장은 걷잡을 수 없는 상황으로 전개됐다.

신뢰가 사라진 자리에 불신과 의혹이 자리 잡았다. 쌍둥이 형제의 경력이나 스펙에 대해 하나부터 열까지 의혹을 제기했다. 대학입시와 고등학교 성적까지 의심했다. 객관식 시험과 OMR 답안지로 인해 대리시험 여부를 입증하진 못했지만, 문제의 쌍둥이가 세상을 속이며 둘이 하나인 듯 지금까지 살아왔다고 믿는 분위기가 대세였다. 그러다 보니 모든 쌍둥이를 죄인 보듯 가자미눈으로 바라보았다. 쌍둥이가 자기를 얼른 알아보지 못했다고 그의 변신 행적을 수사해달라고 검경에 의뢰하는 해프닝까지 있고 보면, 상황이 얼마나 심각한지 알 수 있었다. 이렇게 그냥 내버려 두면 억울한 피해자가 많이 발생할 수 있다는 우려의 목소리도 삐져나왔지만, 이성을 잃은 광폭한 마녀사냥은 쉽사리 멈춰지지 않았다.

이 사건이 상상외로 큰 물의를 일으키자, 각종 시험의 본인 확인절차를 강화하는 조치가 여기저기서 나왔다. 수능, 대학입시, 공무원 임용시험, 공기업 입사시험, 각종 자격시험 등 공공부문에서 지문 인식시스템을 이용한 본인 확인을 도입하겠다고 발표하자, 이에 대기업, 중견기업 등 민간부문도 적극적으로 호응하고 나섰다. 미뤄지고 쌓여왔던 변화와 개혁이 한꺼번에 일시에 진행됐다.

오 씨 쌍둥이에 대한 신상털기와 인민재판이 대강 마무리되자, 누리꾼은 또 다른 먹잇감을 찾아 어슬렁거렸다. 전국의 쌍둥이에 대한 의혹이 속속 인터넷을 탔다. 확실한 증거도 없이 단순한 의구심만으로 마구잡이로 멀쩡한 사람의 명예를 훼손하는 일이 비일비재했다. 쌍둥이가 함께 공부를 잘하거나 동일한 자격을 같이 취득해도 이를 사이버 공간에 고발하는 일이 예사로 벌어졌다. 쌍둥이 출산이 늘어난 상황과 맞물려 쌍둥이 마녀사냥은 심각한 사회문제를 낳았다.

마침내 경찰과 검찰이 끝없이 지속되는 마녀사냥에 칼을 빼 들었다. 증거 없는 의혹 부풀리기가 발견되면, 그 즉시 무고와 명예훼손으로 중형으로 다스리겠다고 발표했다. 무책임한 의혹 제기로 인한 국민 피해를 절대 묵과하지 않겠다면서 사이버 비방 및 무고와의 전쟁을 선포하며 검찰과 경찰이 팔을 걷어붙이고 나서자 분위기가 조금 반전됐다. 그즈음에 스터디그룹 멤버였던 주만제에게서 전화를 왔다. 마침 나도 근황이 궁금해 연락해 볼 참이었다. 우린 지난번 만났던 학교 카페에서 만나기로 바로 약속을 잡았다. 그만큼 우린 서로에게 하고 싶은 말이 많았다.

나는 주변을 돌아볼 새도 없이 학교 카페로 들어갔다. 만제가 먼저 와 구석 자리에서 나를 기다리고 있다가 내가 발을 들여놓자 손을 흔들어 위치를 알려줬다. 자리에 앉기 무섭게 만제가 말문을 열었다.

"일이 너무 커졌어. 감당이 불감당이야. 그냥 모른 척 넘어갔으면 차라리 이보단 나았을 거야. 이러자는 게 아닌데."

"그런가? 혁신이나 혁명은 어느 정도의 희생을 감수해야 하는 거 아닌가. 프랑스대혁명은 백 년 이상 진행되면서 수많은 사람이 죽고 엄청난 혼란을 겪은 거 잘 알지 않니?"

"그건 맞지만, 우리 친구, 세제를 생각하면 가슴이 아파. 그날 이후로 밤잠을 못 잤어. 양심의 가책이 심해서 우울증에 걸린 것 같아. 내가 감당할 수 없는 일을 저지른 거 같아서, 내 주제에 너무 큰 저지리를 한 셈이지. 그냥 앞만 보고 가는 건데, 주제넘게 훈수를 둔 게 무고한 수많은 사람이 나 하나 때문에 온갖 고초를 겪고, 죄 없는 그 가족까지 삶이 파탄 나는 걸 보자니, 죽고 싶은 심정이야. 누군가에게 이런 마음을 속 시원히 털어놓아야 할 것 같아서 니한테 만나자고 한 거야. 이런 걸 누구에게 하소연하지도 못하고, 혼자 마음속에 넣어두자니, 미치고 폴짝 뛸 지경이야."

만제는 말을 잇지 못하고 눈알을 붉히고 어깨를 들썩이며 울먹거렸다. 나는 고개를 숙이며 할 말을 잃고 눈을 감았다. 그는 감정을 추스르곤 말을 이어갔다.

"도서관에서 니 만난 날, 바로 금감원 홈피에 대리시험 의혹이 있다고 제보했어. 그런 의심을 어렴풋이 하긴 했지만, 니 말을 들어보니 대리시험에 대한 확신이 서더라고. 어쩌면 내가 떨어진 화풀이를 했다는 게 맞을지도 몰라. 그렇다고 해도 좋아. 공정이고 정의보다 이기심, 시기심, 질투심쯤 되는 감정이 그렇게 하도록 압박했다고 봐야지. 내가 그렇게 야비하고 얄팍한 놈이야."

만제는 다시 얼굴을 잔뜩 일그러트리면서 오열했다. 얼른 봐도 심각한 상태로 정신과 치료를 받아야 할 것 같았다. 위로의 말을 찾아봤으나 적당한 말을 찾을 수 없었다.

"괜찮아. 누군가는 해야 할 일을 니가 먼저 한 거야. 니 용기가 가상하다고, 선구적이라고 칭찬하는 사람도 많을 거야. 너의 용기 있는 제보 덕분에 신원 확인시스템이 개선된 건 엄청 큰 수확이야. 지금 사이버 디지털 혁명 시대에 산업혁명 시대의 원시적인 방법으로 사진 대조를 하며 신원확인을 해왔으니, 지금 생각하면 정말 한심했던 거지. 언제 찍은 건지도 모르는, 포토샵으로 수정된 사진 한 장 붙은 수험표와 세월의 때가 꼬깃꼬깃한, 오래된 주민증으로, 그런 구시대 유물로, 낯선 사람의 아이덴터티나 신분 확인이 바로 되겠어? 수험장에서 수험표나 주민증 갖고서 본인이 맞는지, 정체성 확인도 제대로 안 될뿐더러 성의 있게 대조도 안 하고 대충대충 건성으로 슬슬 넘어가면서, 그거 두 개 중 하나라도 잊고 안 갖고 가면, 사실 확인이나 구제 절차도 없이, 시험을 아예 못 보게 한다니까? 그래서 쫓겨 나와 신세 망친 사람도 있더라고. 그 사람 잘 아는 사람이야. 그런 불합리하고 억울한 일이 생기지 않도록 낡고 불합리한 제도를 개

선했다면 굉장한 일을 한 거야."

내가 흥분해 열변을 토하자, 만제는 감동한 듯 입맛을 다시고 두 손을 모으면서 자세를 바로잡았다. 내가 물을 마시며 목을 축이는 사이, 그는 소리 나지 않게 손뼉 치는 시늉을 하며 공감을 표했다.

"대단하다. 감동적이다."

"니 덕분에 새 시대에 맞는 신원 확인시스템을 구축했다고 봐야지. 비록 억울하게 희생된 사람들이 많겠지만, 앞으론 대리로 시험을 봐서 야비하게 시험 관문을 통과하는 사람은 없을 거야. 사실 쌍둥이가 유리할 뿐이지만, 쌍둥이 아니라도, 지금까지 대리시험이, 알게 모르게, 제법 많았거든. 돈 받고 대학입학시험 대리로 쳐준 친구도 알고 있어. 이제 그런 비리를 못 저지르게 니가 막았으니, 그게 얼마나 위대한 업적이야. 물론 우리 친구, 오세제나 그 형, 오세형이야, 참 안 됐지. 일종의 희생타라 할 수 있지. 걔들은 사실 대리시험 안 쳐도 합격할 수 있는 실력파 수재이지만, 루울을 어긴 점은 확실하잖아. 루울을 어겼으면 벌을 받아야지. 인과응보야. 글고, 세월이 약이라고 시간이 지나면 그 상처도 차차 치유될 거야. 너무 죄책감을 갖지 마라."

만제는 침을 꿀꺽 삼키며 말을 받았다.

의좋은 형제

"니 말을 들어보니, 내 마음이 한결 편해지네. 그리 생각해주니 정말 고맙다."

"글고, 내가 알아보니, 한국은행에도 대리시험 의혹 제보가 있었다더라. 양쪽에서 동시에 시작된 일이니, 너무 상심하지 마라. 니가 아니라도, 어차피 터질 게 터진 거다."

"응? 뭐라고? 한국은행에서도 제보자가 있었다고? 그걸 누가 알아냈지? 우리 말고 또 그런 내밀한 사연을 알아차린 놈이 있었나? 혹시 한국은행엔 니가 제보한 거 아니냐?"

만제는 눈을 크게 뜨고 내 눈을 뚫어지게 응시하면서 거듭 되물었다.

"아니야. 나도 제보하려고 했지만, 누군가 먼저 선수를 쳤더라."

나는 얼떨결에 꼬리를 내렸다. 굳이 숨겨야 할 이유는 없었지만, 순간적으로 무의식적인 방어본능이 작동했던 터였다. 아마 찬찬히 유도했다면 사실을 고백했을 수 있었다. 아니, 나도 사실을 말해주려고 했는데, 그가 다그치는 바람에 응급 결에 부인한 것이란 게 맞았다. 이왕 이렇게 됐으니, 이젠 그대로 밀고 가는 수밖에 도리가 없었다. 그는 내 말을 그대로 믿을 수 없다는 표정이었으나, 더이상 도발적인 질문은 하지 않았다. 그는 나도 자기처럼 그랬을 거라고 대강 추측하고서, 내 고백을 유도하기 위해 자기가 먼저 사실을 밝힌 것인지도 몰랐다. 그렇다면 그의 계획은 실패로 끝나고, 모든 심리적 도의적 부담을 혼자 감당해야 할 처지가 된 셈이었다. 그는 난감해하더니, 침통한 표정을 지었다. 그리곤 말없이 자리에서 일어서서 밖으로 나가 차를 몰고 캠퍼스를 빠져나갔다.

"만제야, 주만제! 내가 술 한 잔 쏠게. 같이 가자."

내가 황급히 일어나 계산을 치르고 재빨리 그를 따라 나갔으나, 그는 못 들은 척 뒤도 돌아보지 않았다. 관악산에서 서식하는 까마귀가 그의 뒷모습을 지켜보며 거친 톤으로 서너 번 울어댔다. 하늘은 잔뜩 흐렸지만, 눈은 오지 않았다.

과연 이게 맞는 걸까? 잘못하지 않은 건 분명하지 않나. 근데 왜 이렇게 마음이 불편하지? 룰은 지켜져야 해, 그러니까 난 옳은 일을 한 거야. 근데 왜 이렇게 부끄럽고 비참하지. 아마도 만제는 눈치챘을 거야. 그래서 동지 의식에서 만나자고 한 거겠지, 내가 진실을 숨기니까 화가 나서 자리를 박차고 나간 거고. 근데 난 왜 그를 속였을까? 대리시험 여부를 조사해달라고 한국은행 홈피에 올렸던 사실을 당당히 털어놓을 수 있지 않나. 솔직히 털어놓았으며 서로 위로가 됐을 텐데… 굳이 숨길 이유도 없었는데…, 왜 자꾸 일이 꼬여 가는 걸까.

지금까지 정직하게 살려고 무진장 애써왔는데, 민주 시민으로서 당연히 할 일을 한 것뿐인데, 근데 왜 이렇게 쪼그라들고 죄책감마저 드는 걸까. 그 누구에게도 말하지 못할 이 더러운 기분을 도저히 감당할 수 없어. 무엇이 옳고 그른 건지, 어디서부터 잘못된 건지, 정말 혼란스러워. 머릿속이 복잡하게 얽히고 설켜서 숨이 막히는 것 같아. 참담하고 전부 무너지는 느낌이야. 왠지 고통스럽고, 갈가리 찢기는 기분이군. 그냥 다 그만두고 조용히 사라져버리고 싶을 뿐이야.

큐비즘

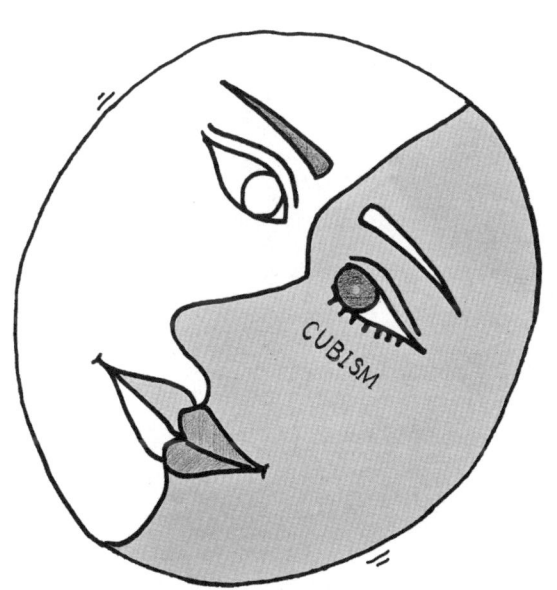

 잠이 오지 않는다. 세상에 공짜 점심은 없다더니 그 말을 실감한다. 어떻게 해야 하나. 그 해법이 생각나지 않아 머리가 지근지근 아프다. 절반이라도 얼른 돌려주는 것이 상책임을 모르진 않지만, 그놈의 돈이 수중에 없으니 문제가 풀리지 않는다. 서울의 큰놈 전세금을 보태준 걸 지금 와서 돌려달라고 할 순 없다. 그렇다고 대출 낼 처지도 아니다. 아파트 담보대출, 신용대출에 마이너스 통장까지 풀로 쓰고 있는 상황에서 추가로 대출을 한다는 건 현실적으로 불가능하다. 사적으로 돈을 융통할 곳도 마땅찮다. 사채는 섶을 지고 불 속으로 뛰어드는 것과 진 배 없다. 이이제이, 이열치열을 응용하는 것이 한 가지 해법이 될 수 있다는 생각이 불현듯 머리를 스친다. 강구와 경쟁해 구의원 경선에서 승리한 이구선에게 SOS를 치는 방법이 그것이다. 이구선을 만나 어떻게 얘기를 풀어갈까. 이런저런 시나리오를 짜다가 보니 사위가 희뿌옇다.

날 새기가 무섭게 김갑수 국장은 이구선 회장에게 전화해 급한 일이 있다며 약속을 잡았다. 김 국장은 최근 재래시장 인근에 문을 연 커피숍에서 이 회장을 기다렸다. 한적한 데다 비교적 이른 시간이라 손님이 한 명도 없었다. 밤잠을 설치며 짜낸 시나리오를 되뇌어 봤다. 야비하다는 생각이 언뜻 들었지만, 마음을 독하게 먹었다. 불우한 환경에서 갖은 어려움을 겪어오긴 했지만 이렇게 남의 등을 치면서 간악하게 살아오진 않았는데… 우연히 정치판 언저리에 발을 들여놓고 밥벌이를 하지만 나름 떳떳하게 처신하려고 노력했었는데, 그게 마음먹은 대로 잘되지 않는다. 조금씩 적응해가다가 보니 어느덧 자신도 모르게 남 못지않게 타락한 듯하다. 가랑비에 옷 젖는다고 하지 않는가. 마음을 다잡아보려 해도 철없는 망아지처럼 천둥벌거숭이 꼴이다. 마지막 남은 한 가닥 양심마저 끝도 없이 밑바닥으로 가라앉았다.

생각에 깊이 빠져 있는 사이, 이 회장이 앞자리에 앉으며 말을 건넸다. 김 국장은 자다 깬 양 움찔하며 이 회장에게 초점을 맞췄다.

"국장님, 무슨 생각에 그리 골몰하십니까. 이 이른 시간에 소인을 호출하시고 무슨 일 있습니까?"

"아, 아무것도 아닙니다. 우선 경선 승리를 축하합니다. 당선은 따 논 당상이고, 그냥 축제하듯 즐기면 돼요. 압승!"

"감사합니다, 국장님. 그래도 최선을 다해야지요. 사자는 토끼 한 마리를 잡을 때도 전력을 다한다고 하지 않습니까."

"말이 그렇다는 거지. 여기서 우리 당 달고 가)번 받으면 무조건 당선이지. 말뚝을 공천해도 당선된다는 말이 그냥 나온 게 아니지요."

"하하, 공천이 당선이라는 말은 맞지만, 공천이 본선보다 더 어렵잖습니까. 돈도 많이 들고, 잘 알지 않습니까. 그래도 본선에서 최선을 다해 최고 득표해야지요. 그게 의원님과 국장님께 보답하는 거 아니겠습니까. 국장님, 많이 도와주세요."

"그건 당연하고요. 이번에 최고 득표를 해서 기세를 올려놔야 뒷발이 잘 붙지요. 나도 열심히 도울게요. 근데 거시기하지만, 한 가지 부탁이 있어서…"

"그게 뭡니까? 뭔지 함 들어 봅시다."

"사실 우리 당협 사무소 살림살이가 늘 빠듯해서 정상적으로 꾸려가기 힘듭니다. 이 회장께서 형편이 좋으시니까, 조금 후원해 주시죠. 당협에 대한 기여나 공헌은 의원님께 수시로 보고하고 있고, 그렇게 쌓인 실적이 종국적으로 차기 공천을 좌우하는 구조를 잘 아시리라 믿슴다. 형식적으론 경선을 실시한다고 하지만 실질적으론 다 의원님 마음속의 구도대로 되는 거, 비밀 아닌 비밀 아닙니까. 다들 자기가 잘나서, 자기 실력으로 경선에서 이겨 공천을 받았다고 알고 있지만, 그게 전부는 아닙니다. 보이는 게 전부는 아닌 거죠."

"아, 참 난감하군요. 안 그래도 지금부터 선거 때문에 돈 들어갈 일이 태산인데… 산 넘어 산이네요. 머리 아프네. 국장님, 이런 사정, 의원님도 아시겠죠?"

"지금 무슨 말을 그렇게 합니까? 내 말을 못 믿는다는 겁니까? 은근히 기분 나쁘네. 내가 지금 사기 친다고 생각합니까? 정치하는 사람이 그런 걸 직접 말하는 사람도 없고, 그런 걸 묻는 사람도 없어요. 서로 믿고 그러려니 하는 겁니다. 사회적 지위와 명예가 있는 분이 직설적으로 그런 말을 하지도 않고, 할 수도 없지요. 그냥 감으로 때려잡는 겁니다. 느낌이 오지 않아요? 그런 거 못하면 이 판에서 일 못하는 거지요. 각서 써 줄까요?"

김 국장이 목소리를 높이고 흥분하자 이 회장이 굳은 표정을 풀고 자세를 고쳐 앉았다.

"아이고, 국장님. 진정하세요. 제 말은 그게 아니고요. 절 모르고 시주할 순 없잖아요. 무슨 일인지 연유나 알자는 뜻입니다. 다른 사람 다 하는 거라면 저도 해야지요. 할 건 당연히 해야지요. 그렇지만 나름 남만큼 했다고 자부하는데, 이제 국장님이 또 생소한 말씀을 하시니까 얼른 감이 안 잡혀서요. 참, 땀납니다. 음~, 어느 정도 보태면 될까요. 오해하지 마시고요, 정말 잘 몰라서요."

"보통 3장 냅니다. … 그러면 4년 동안 당협 사무실을 자기 사무실처럼 쓰는 겁니다. 각자 사무실 따로 마련하는 것보단 이게 엄청 경제적이지요. 당협 사무실에 함께 모여 회의를 할 뿐만 아니라 '민원인의 날' 행사도 공동으로 함께 합니다. 그게 의원님만을 위한 일이 아니고 모두 다 자기 자신을 위한 일입니다. 우리 지역 지방의원은 임명직이나 마찬가진데 응분의 대가를 치러야지요. 비례대표의 특별당비를 생각해 보세요, 그에 준하는 부담을 각오해야 되지 않겠어요."

김 국장이 핏대를 올리며 설득에 나서자 이 회장은 머리를 끄덕이며 눈을 내리깔았다.

"알겠습니다, 국장님. 그렇게 하겠습니다. 깨끗하게 세탁해서 최대한 빨리 마무리 짓겠습니다. 참 많이 배웁니다. 근데 자기 선택의 문제이긴 하겠지만, 호각을 너무 비싸게 사는 건 아닌지 모르겠네요. 국장님이 아실는지 모르겠지만, 전 벌써 남 하는 만큼 했다고 생각했거든요. 그렇지만, 꾸질꾸질하게 더이상 징징거리지 않겠습니다. 다 준비되면 연락할게요."

굳은 얼굴로 커피숍을 나서는 이 회장은 들어올 때와는 달리

발걸음이 거칠어 보였다. 김 국장이 엉거주춤 일어나 마지못해 커피값을 계산하고 이 회장의 뒤를 따라 나갔다. 누군가 지켜보는 것 같아 자꾸 뒤를 돌아다보았다. 산책 나온 검은 개 한 마리가 꼬리를 세우고 물끄러미 쳐다봤다.

김갑수 국장의 장모상 부고 문자를 받았다. 때가 때인 만큼 여러 가지 생각이 엉켜서 머리가 복잡하게 돌아갔다. 나이가 들면 경조사가 부담이 되기도 하지만 어떤 땐 기회로도 작용한다. 승진이나 영업, 계약 등에 영향을 끼치는 상위 포식자의 경조사는 필연적으로 꼭 챙겨야 한다. 이는 기본 상식에 속한다. 세상 물정에 밝은 약삭빠른 사람이라면 거기서 한 단계 더 나아간다. 부조라는 관행은 뇌물을 자연스럽게 전하는 창구다. 김 국장은 비록 4급 별정직 공무원이지만 힘 있는 국회의원의 당원협의회 사무국장이란 보직으로 인해 지역 내의 지방의원 지망생들에겐 먹성 좋은 갑이다.

당협 위원장 박정수 의원은 3선 중진 국회의원이다. 중앙 정계에서 워낙 바쁘다 보니 김 국장이 지역 관리 업무를 도맡아 처리한다. 국회의원 개인의 성향에 따라 미주알고주알 다 챙기는 스타일도 있지만, 박 의원은 자잘한 부분은 사무국장에게 대부분 일임하고 중요한 부분만 챙기는 편이다. 그런 연유로 인해 김 국장은 일에 대한 부담은 다소 크지만, 그에 상당하는 권한을 갖고 있다. 민원 해결이란 골치 아픈 일도 하지만, 시·구의원 등 지방 의원의 공천에 대한 의견 개진과 같은, 어깨에 힘 들어가는 일도 한다. 오너의 지근거리에서 이런저런 보고를 지속적으로 해대는 상황이라면 그의 영향력을 그 누구도 무시할 수 없다.

당협마다 지방의원 공천이 초미의 관심사다. 통상 경선의 형식을 취해 지방의원 공천이 행해진다. 비록 공정한 경선을 실시한다고 공언하더라도 당협 위원장인 국회의원이 특정인을 민다는 소문이 돌면 경선은 하나 마나다. 위원장의 의중이 알려지면 선거권을 가진 당원이 위원장의 뜻을 받들어 알아서 힘을 실어준다. 요컨대 지방의원 공천은 경선에 관계없이 당협 위원장인 지역구 국회의원의 의중에 절대적으로 좌우된다. 그런 연유로 인해 국회의원을 가까이서 보좌하는 당협 사무국장에게 자연스럽게 힘이 실린다. 비록 호가호위라 하지만 김 국장은 막강한 갑이다.

국회의원의 측근이 위력을 발휘하는 현상은 광산 지역의 특수한 정치 환경에 기인한다. 광산에선 특정 정당의 공천만 받으면 100% 당선이다. 본 선거의 긴장감이 거의 없다. 어떤 경우 무투표 당선이 70%에 육박한다. 하기야 특정 정당의 당선이 불을 보듯 뻔한데 돈을 써가며 달려들 바보는 없다. 말하자면 광산 지역의 선출직은 임명직 내지 비례대표라 해도 과언이 아니다. 사석에서 만나면 우리 지역이 이래선 안 된다고 거품을 물지만, 막상 투표장에 들어가면 결론은 뻔하다. 일당 독주라는 광산 지역의 독특한 정치적 환경이 4급 별정직 당협 국장의 탄탄한 권력 기반으로 작용하는 셈이다. 이런 사정은 동쪽의 낙동 지역도, 정당의 간판만 다를 뿐, 크게 다르지 않다.

이번 지방선거에서 광산 지역의 구의원 경선에 출사표를 던진 강구로선 김 국장의 장모상을 가볍게 볼 수 없다. 그래서 조문을 사절한다고 본인이 공지했지만 고집스럽게 멀리 부산까지 가려는 것이다. 누가 뭐라 해도 직접 대면해 얼굴도장을 찍고 조의를 표하는 것이 정도다. 부의금을 송금하는 것보다 직접 전하는 것이 안전하다. 결정적 증거를 남기는 뇌물성 부조금의 계좌 송금은 자살행위다. 광산 지역의 선량 지망생에게 가장 무서운 건 상대 정당의 후보가 아니라 선거법이라 하지 않는가. 사고가 터지기 전에 만사 조심해야 한다. 안전이 제일이다.

부산의 버스터미널은 광산에서 온 강구에게 무척 낯설다. 정치성향이 다른 지역이라는 선입견이 작용한 탓인지 행동거지가 왠지 조심스럽다. 장례식장 이름을 검색해보니 그 위치가 뜨지 않았다. 부고에 함께 올라온 주소로 다시 검색을 시도해봤다. 비로소 그 위치와 경로가 표시되었다. 최근에 문을 연 모양이다. 버스터미널에서 크게 멀지 않아 걸어가기로 마음먹었다. 걸어가면서 시간을 때우다가 저녁 시간에 맞춰 문상한 후 국밥 한 그릇을 먹고 나올 요량이었다. 금강산도 식후경인데 밥은 먹어야지. 얼마나 비싼 밥인데.

길가는 행인들이 크게 많지 않았지만 다들 발걸음이 투박해 보였다. 아마 말씨에서 오는 편견일 것이지만. 몸 매무새는 다소 엉성하지만, 패션은 과감하고 화려한 편이다. 개 눈에 똥밖에 안 보인다더니 각종 간판이 먼저 눈에 띈다. 뜻은커녕 국적도 모르는 단어들이 난무한 가운데 글꼴이나 디자인은 광산에 비해 수준이 한참 떨어져 보인다. 광산이 괜히 예향인 건 아니다. 또 눈에 띄는 점이 있다면 모자나 선글라스가 자신의 개성을 드러내는 데코레이션으로 자리 잡은 것 같다는 정도다. 부산 여자가 드세다고 하지만 눈은 대체로 반짝이고 예쁘다.

부산은 항구다. 바다의 비릿한 내음이 바람을 타고 날아왔다. 길을 따라 걷다 보니 섬들을 보듬은 바다의 넓은 가슴이 빌딩 사이로 드문드문 비쳤다. 햇살이 반짝이고 파도가 부서지는 모습은 인간이 흉내 낼 수 없는 예술작품 같다. 목적지를 잊고 자신도 모르게 단내 나는 여인의 발걸음을 밟아갔다. 하얗게 펼쳐진 모래사장이 장례식장으로 가는 발걸음을 붙들어 맸다. 해수욕장엔 개장을 기다리는 알록달록한 비치 파라솔들이 성급한 마음을 내보이며 유혹의 손길을 보냈다. 파도 위를 달리는 서퍼의 멋진 공중제비는 이국의 정취를 물씬 풍겼다.

벤치에 앉아 멍때리다 보니 시간이 쏜살같이 흘렀다. 정신을 차리고서 스마트폰을 꺼내 네비게이션을 열고 다시 목적지를 검색했다. 네비를 보며 골목길을 걸어갔다. 작고 아늑한 집들과 기발한 벽화, 유니크한 가게들이 시선을 사로잡았다. 어설픈 반양옥과 현대적인 건물이 조화롭게 어우러져 독특한 풍광을 보여줬다. 집 앞에 조성된 작은 화단에 채송화와 봉선화가 심겨 있고 골목의 자투리땅 모서리엔 꽃이 핀 화분들이 가지런히 놓여 있다. 화사한 미소와 상냥한 마음씨가 묻어나 상갓집을 찾는 길손의 마음을 어루만져주었다.

장례식장으로 가는 행로는 생각보다 멀었다. 언덕배기 지형이라 오르막길이 많을뿐더러 찾기도 쉽지 않았다. 왔다 갔다 뱅뱅 돌다 보니 어느덧 해가 서녘 하늘에 걸렸다. 마음이 바빠져 입이 말랐다. 동네 마트에서 생수 한 병을 사고 점원에게 길을 물었다. 카운터를 보던 점원은 아르바이트생인 듯 고개를 가로저으며 귀찮은 표정을 지었다. 전라도 사투리를 쓴 탓인가. 도로로 나와 조금 영세해 보이는 부동산중개업소에 들어가 공손하게 두 손을 모으고 허리를 굽히면서 표준말 억양으로 길을 물었다. 파마머리를 한 중년 아줌마는 이 근처에서 그런 장례식장을 본 기억이 없다고 단호하게 잘라 말했다.

"그런 게 생겼다면 아마 데모하고 난리 났겠지…"

강구는 다리에 힘이 쭉 빠졌지만, 한편으론 은근히 화가 치밀고 독이 바짝 올랐다. 근처까지 온 건 확실한 것 같다. 한 집 한 집 일일이 도로명주소를 확인하면서 앞으로 나아갔다. 천신만고 끝에 목적지 주소를 찾아냈다. 그 주소엔 동네 커피숍이 영업 중이었다. 커피숍에 들어가 아메리카노 한잔을 시키고 바리스타에게 주소를 확인했다. 찾고자 하는 목적지 주소가 분명했다. 바리스타에게 부고 문자를 보여주며 이해할 수 없다는 듯 고개를 갸웃거렸다. 바리스타도 폰과 강구의 눈을 번갈아 보면서 알 수 없다는 듯 눈을 끔벅거리며 혼잣말하듯 중얼거렸다.

"주소는 맞아요, 그 참 이상하네. 오늘, 이 주소로 장례식장을 찾아온 외지사람만 사장님이 세 번째거든요. 아마도 상주가 주소를 잘못 찍어 보낸 거 같아요. 그렇다 해도, 이 근처에 장례식장이라곤 전혀 없거든요. 상주한테 전화해서 확인해 보세요."

"천상 그래야겠네. 커피를 마시면서 연락해봐야겠군."

커피를 받아 자리에 앉자마자 강구는 바로 김 국장에게 전화를 때렸다. 한참 만에 전화를 받은 김 국장은 목소리가 카랑카랑했다.

"김 국장님, 부산 상가에 문상하러 왔는데 장례식장을 못 찾아

큐비즘 205

전화했습니다. 부일장례식장은 검색이 안 되고, 장례식장 주소로 검색을 했는데 동네 커피숍이 나오더라고요. 제가 길치이긴 하지만 이건 뭔가 잘못된 거 같아요. 지금 어디 계십니까? 장례식장 주소, 다시 한번 보내주세요."

"아이고, 강 회장님, 문상 안 받는다고 했는데, 뭐 할라고 그 멀리까지 갔습니까? 전 급히 우리 의원님 콜을 받아 간단히 문상만 하고 부득이 광산으로 돌아왔습니다. 목구멍이 포도청이라 사람 구실도 못 합니다. 상가에 가셔도 소용없을 겁니다. 처남 부부가 지독한 독감에 걸려 몸져누웠다네요, 처조카들만 상가를 지키고 있는 형편입니다. 그러니 지금 바로 광산으로 돌아오세요. 강 회장님의 진심 어린 조의와 정성 어린 마음은 소중하게 간직하겠습니다. 제가 주소를 잘못 올린 바람에 일이 우습게 됐네요. 미안하고 죄송합니다. 조만간 광산서 함 봅시다. 제가 밥 살게요."

"별말씀을요. 제가 부산에 볼일이 있어서 왔다가 그냥 들렀습다. 아무래도 흉사엔 얼굴을 직접 보고 문상하는 것이 도리라고 생각해서요. 제가 아날로그에 꼰대잖아요. 하하!"

"아이고 괜찮습니다. 사위인 나도 문상만 하고 바로 왔는데… 어쨌든지, 고맙고, 감사합니다. 이 은혜 잊지 않겠습니다."

"당연한 걸 갖고 자꾸 그러시니 제가 부끄럽습니다. 그건 그렇고 제가 국장님을 뵙고 의논할 일이 있는데 언제, 시간 좀 내주시지요."

"예, 당연하지요. 시간 함 맞춰봅시다."

"국장님, 그럼 들어가세요. 오늘은 어렵고, 내일 중에 다시 전화 올리겠습니다."

해가 지고 가로등과 방범등에 불이 들어왔다. 밝은 햇살 아래 보이던 흠집이 어둠 속으로 묻혀들고, 보이는 것만 보여주는 마법의 조명이 서정적 뷰를 만들어냈다. 산등성이를 따라 랜덤하게 늘어선 불빛과 바다를 떠다니는 배의 전조등이 뒤틀린 마음을 어루만져주었다. 깜깜한 어둠과 환한 엘이디 불빛의 조화가 밋밋한 얼굴에 입체감을 살린 컨투어링 메이크업을 한 것처럼 보기 좋다. 불꽃처럼 빛나는 총각이 수줍어 고개 숙인 처녀에게 원기를 불어넣은 듯하다. 강구는 지친 발걸음을 재촉해 언덕길을 내려갔다.

일이 복잡하게 꼬인 듯하다. 김갑수 국장은 정치판에서 잔뼈가 굵은 사람이다. 그 말은 결국 정치라는 색안경을 끼고 김갑수라는 인물을 바라봐야 한다는 뜻이다. 공천이 임박한 상황에서 장모상을 당한 점, 부조금 계좌번호를 적어놓은 점, 장례식장 주소를 접근이 힘든 먼 지역으로 정한 점 등을 유기적으로 연결해보면 속셈이 빤히 읽히는 그림이다. 오해한 부분이 있을 수 있다는 생각도 들었지만 천박한 상상이 지워지지 않았다.

지난해 겨울, 환갑 기념으로 스페인을 다녀온 일이 떠올랐다. 마드리드의 '레이나 소피아 미술관'에서 피카소의 게르니카를 처음 대했던 충격적 기억이 아직도 생생하다. 고전적 구상에 길들어져 있는 사람에게 큐비즘은 아무래도 난해하고 껄끄럽다. 도대체 무엇을 그린 것인지 알 수 없다. 무엇을 그린 것인지 알아야 잘 그렸다든지, 못 그렸다든지 판단할 터인데, 그 기본을 알지 못하니 답답하다. 잘못 맞춘 레고라는 편이 오히려 솔직한 표현이다. 설상가상으로 그 그림에 대한 해설은 더 이해할 수 없다. 미술에 대한 무지가 부끄럽다는 생각보다 황당하다는 생각이 앞섰다. 다만 전체를 조각조각 내 섞어놓았다는 느낌은 든다.

도슨트가 그림에 대한 해설을 한참 동안 열심히 얘기했지만, 솔직히 말하자면 공감하기 어려웠을뿐더러 지겹기까지 했다. 파편화된 형상과 과장된 인물들, 상징적으로 나타난 동물들이 낯설었고, 뒤죽박죽 엉킨 모습이 그와의 사이에 벽을 쌓아 올렸다. 저 그림이 그렇게 유명하고 천문학적 가치를 지녔다니 도저히 이해할 수 없었다. 다만, 그 이유가 뭔진 몰랐지만, 고통과 혼돈에 대한 감정은 고스란히 전해졌다. 어쨌든지 전쟁과 폭력에 대한 혐오를 담아냈다는 것 정도는 수긍할 수 있었다.

지금 이 황당한 순간에 게르니카와의 첫 만남이 떠오른 건 참 이상한 일이다. 강구가 굳이 멀리 부산까지 고집스레 온 것은 그래도 일상적인 의심과 합리적 추론에 기인한다. 물론 잠재적 경쟁자인 다른 사람들에겐 그냥 부조금만 부쳤다고 속였다. 모두 다 똑같이 뛰면 제자리 뛰기일 뿐임을 잘 알기 때문이다. 뇌물을 주러 가면서 놈 해서 가는 것도 우스운 일이다. 결과적으론 제 꾀에 제가 속은 꼴이 됐지만 말이다.

김 국장의 작전은 주도면밀하지 못했다. 조문을 오지 말라는 것이 본심이라면 웹 발신 부고 문자를 돌리지 말았어야 했다. 민감한 시기에 부조금만 세게 당길 양이었으면 장모상 소식과 계좌번호만 올려도 충분할 터다. 닳아빠진 선수들이 그런 얍삽한 속셈을 오죽 잘 알아챘을까. 김 국장이 굳이 장례식장 이름과 그 주소까지 올린 의도는 과연 무엇일까? 그냥 구색을 갖춘다고 아무 주소나 대충 찍어 올린 걸까. 멀리 부산까지 오지 말라고 당부했던 만큼 직접 오는 사람이 있으리라곤 생각하지 못했을 수 있다. 그걸 모르고 한 단계 건너뛴 게 실책이다.

정치판이 진흙탕이라는 말을 많이 들었지만, 한번 뒹굴고 나니 그 말이 실감 났다. 어쩌면 예상보다 더 큰 대가를 치러야 할지 모르겠다. 은근히 걱정된다. 종이 쇼핑백에 들어있는 세탁된 현금 뭉치를 손으로 더듬어 봤다. 피땀 흘려 번 알토란같은 돈이다. 아깝다. 지금이라도 본업으로 돌아가자는 생각이 불현듯 치솟아 오른다. 잔머리를 굴려 여기까지 온 자신이 부끄럽다. 아니다. 이왕 정치판에 들어가기로 한 거, 죽이 되든지 밥이 되든지 끝까지 가보는 거다. 정치판이 통통인 걸 짐작하지 않았나. 그래도 돈으로 사는 일이 제일 쉬운 거고, 돈 받는 놈이 제일 수월한 거다. 산전수전 다 겪으며 여기까지 왔는데, 이 정도 변곡점에서 아예 시도해보지도 않고 그냥 돌아갈 수는 없지. 알량한 양심이 눈앞에서 어른거린다고 해서, 여기서 말 수는 없다. 이거 갖다 주고 나서, 죽을 때까지 의원 소리 듣고, 죽어서도 '학생부군'을 면한다면, 한번 시도해볼 만한 가치가 충분하지 않은가.

강구는 한적한 유원지 공영주차장에 도착해 카메라에 잡히지 않는 곳에 차를 세우고 주차장 입구 쪽을 주시했다. 김 국장의 차가 들어오자 손을 흔들어 자신의 위치를 알리고 가까이에 차를 대라고 손짓을 했다. 김 국장이 주차하기 무섭게 강구는 조수석 문을 열고 재빨리 차에 올라탔다. 김 국장은 상황 파악을 한 듯 담담하게 강구를 맞았다.

"삼가 고인의 명복을 빕니다."

"아이고, 강 회장님, 새삼스럽게 무슨 말씀을… 제가 송구하지요. 한창 바쁘신데 불구하고 멀리까지 문상을 오셔서 깜짝 놀랐습다. 안 그래도 집사람이 고마운 마음을 전해달라고 하더군요."

김 국장은 강구의 손을 잡으며 고마움을 표시했다.

"당연하지요. 흉사에 서로 찾아보고 십시일반 서로 돕고 위로 하는 게 사람 사는 정이지요. 계좌로 부조금만 휙 날리는 건, 좀 거시기 하지요. 아무리 세상이 변해도 그렇지. 제가 꼰대라서 그런가. 하하!"

"그건 저도 동감입다. 요즘, 안 그런 사람들이 더 많은데… 강 회장님은 뼈대 있는 가문의 자손이라 그런지, 확실히 다르군요."

김 국장은 강구가 든 쇼핑백에 은근히 눈길을 보냈다.

"이거 작은 성의라고 생각하시고 받아주시죠. 얼마 안 됩니다. 향후 또 어려운 일이 생기면 능력이 되는 대로 힘을 보태겠습니다. 이런 일에 기밀 유지가 기본이라는 것도 잘 압니다. 무덤까지 가져가야지요."

강구는 쇼핑백을 발판에 내려놓고 차에서 내렸다.

"강 회장님, 이러시면 곤란합니다. 강 회장님!"

김 국장은 의례적으로 강구를 불렀지만, 차에서 내리진 않았다. 강구는 뒤도 돌아보지 않고 차에 올라타곤 주차장을 빠져나왔다.

이러시면 곤란하다고. 웃기고 있네. 어쨌든 잘 돼야 할 텐데… 하긴, 대놓고 받는 놈이 차라리 편하지. 경험에서 우러나오는 지혜라 할까. 그래도 그게 말처럼 그렇게 쉬운 건 아니다. 사람의 마음이란 게 복잡 미묘하다. 한편으론 받고 싶으면서 다른 한편으론 극도로 경계한다. 아무한테나 대문을 열어주지 않듯 아무에게나 마음의 문을 열어주지 않는다. 신뢰 관계 구축이 선행조건이고 창구를 찾는 것이 그다음이다. 일은 여기서 끝나지 않는다. 자존감에 상처를 내지 않고 부끄러움을 느끼지 않게 해줄 적당한 명분이 필요하다. 시세를 잘 파악해야 거래가 성사됨은 물론이다. 시세는 총수익의 한도 내에서 수요공급의 법칙으로 결정된다. 주도면밀한 실행계획을 세우고 매끄럽게 진행해서 상대가 어색하지 않게 부드럽게 마무리해야 한다. 하지만 끝날 때까지 끝난 게 아니다.

근데 맥을 제대로 짚은 건가. 맥을 잘못 짚었을 수도 있다. 엉뚱한 줄을 잡고 당겨봐야 힘만 빠지는데… 의심을 하려면 끝이 없다. 오너를 공략해야 하는 건 잘 알지만, 거긴 아직 머쓱하고 두렵기까지 하다, 아직 신뢰 관계가 형성되지 않은 까닭이다. 중앙에 선을 대야 한다는 말도 떠돌았고, 여기저기 손을 써놓아야 한다는 말도 들렸다. 귀가 얇은 사람이라면 질려서 지레 겁먹을 만하다. 그런 맥락에서 생각한다면 경쟁자를 줄이려는 의도로 퍼트린 과장된 이야기일 수도 있다. 어쨌든지 지금은 발등에 불이 떨어진 상황이다. 당장 실행 가능한 방법을 선택해야 하고 최선이 불가하면 차선이라도 잡아야 한다. 오너와의 직거래가 힘에 부치는 상황에서 누이 좋고 매부 좋은 대안은 별로 없다. 직거래는 다음을 기약하고 이번엔 불확실하지만, 헛다리 짚을 위험을 각오하고 브로커를 넣는 수밖에 방법이 없다. 최악의 경우 그냥 헛물 켜기밖에 더 할까.

 지방선거 공천 신청자들이 광산 시당에서 경선 결과를 기다리며 앉아 있었다. 그 모습이 천태만상이다. 마치 사교장에 온 듯 느긋한 표정으로 사무실을 휘젓고 다니면서 농담을 건네는 사람에서부터 굳은 표정으로 소파에 앉아 천장을 쳐다보는 사람까지 다양한 군상이 한 공간 안에서 운명의 시간을 기다렸다. 강구는 다른 사람의 눈치를 살피다가 수시로 '회의 중'이란 푯말이 걸린 문을 흘깃거리며 가슴을 졸였다. 당락을 가르는 시험에 임하면 늙으나 젊으나 긴장하고 초조해하긴 매일반이다. 경험이란 무기도 무색하다.
 마침내 닫혔던 문이 열리고 기자실에서 대기 중이던 기자들이 몰려들었다. 시당 공천심사위원장이 마이크를 잡고 경선 결과를 발표했다. 시장과 구청장 경선 발표에선 일대 소동과 혼란이 일어났다. 승리한 쪽은 만세를 부르고 낙방한 쪽은 부정이 있다고 소리를 질렀다. 강성 지지자들의 고성과 항의가 잇따랐다. 한 후보는 잠시 후에 불복 성명을 내겠다고 으름장을 놨다.
 "불복하는 분은 이의를 신청하세요. 그 이유가 타당하다고 인정되는 경우, 재심하는 절차가 있습니다."

위원장이 단호하게 말했다.

한동안 소동이 일었으나 계속해서 다음 경선 결과 발표가 이어졌다. 시의원 경선, 구의원 경선 순으로 일사천리로 진행됐다. 앞에서와 달리 항의하는 사람도 없었고 큰 소리를 내는 사람도 없었다. 승리한 사람이든 패배한 사람이든 감정을 자제하려고 애를 썼다. 같은 오너 밑에서 서로 얼굴 맞대고 살아가는 사이라 노골적으로 감정을 드러내기엔 상호 민망할 수 있는 처지다. 승리한 사람은 상기된 얼굴로 기쁨을 표했지만 떨어진 사람은 사색이 된 얼굴로 슬며시 자리를 빠져나갔다. 강구의 이름은 불리지 않았다. 허기진 사람처럼 온몸에서 진이 빠져나갔다.

지나온 세월이 주마등처럼 강구의 뇌리를 스쳐 지나갔다. 강구는 빈한한 가정의 오 형제 중 막내였다. 무관심 속에서 어린 시절을 보냈다. 야간으로 상고를 다니면서 아르바이트를 해 돈을 벌어야 했다. 집 가까이 있던 간판 집에서 현수막과 간판을 다는 일을 거들었다. 입대 후 글자를 반듯하게 쓴다는 이유로 각종 차트를 도맡아 썼다. 그런 경험들이 결국 간판장이로 자리 잡은 계기가 된 것 같다.

손 글씨를 써 현수막과 간판을 만들던 시절에서 이제 컴퓨터로 글꼴을 선택해 출력하고 디자인하는 시대가 됐다. 인력으로 해냈던 시공도 크레인을 동원하는 등 기계의 힘을 빌리는 실정이다. 참 편리한 세상이다. 제작과 시공이 디지털화되고 기계화돼 수월해졌다고 하지만 아날로그 시대에 비해 간판업의 사정이 크게 나아진 건 아니다. 전통적인 간판업은 일종의 도제 시스템으로 장기간 시다 생활을 거쳐야 했기 때문에 아무나 바로 뛰어들 수 없었다. 그러던 것이 컴퓨터와 기계의 도입으로 진입장벽이 무너져 동종업체가 엄청 많이 생겨나 경쟁이 치열해졌다. 일을 따기 힘들고 수익성이 떨어졌다. 결국, 영업이 간판업의 제일 중요한 성공 요인이 된 셈이다.

개업하는 가게나 창업하는 회사를 상대로 무리하게 일을 받다가 채 몇 달 안 돼 문을 닫는 바람에 외상값을 떼이는 일도 많이 겪었다. 관공서와 일을 트기 위해 손해를 보고 일을 하거나 리베이트를 갖다 바치는 일도 비일비재했다. 앞으로 벌고 뒤로 밑지는 일을 감수하면서 어려운 시기를 버텨냈다. 그렇게 세월을 견뎌내다 보니 맷집이 생겨났고 뚝심이 세졌다. 이 업에 발을 들인 지 삼십여 년을 넘어서자 돈이 조금씩 모이기 시작했다. 이젠 업계에서 제법 행세하는 데다 한눈을 조금 팔아도 먹고 살 정도가 됐다.

동네 유지들과 교류하면서 관변단체 활동을 하던 중에 친하게 지내던 동장이 구의원을 해보라고 은근히 꼬드겼다. 그 유혹에 넘어가는 바람에 이번에 구의원 공천 신청서를 낸 것이다. 정치는 사업하곤 확실히 달랐다. 공천을 확신한 탓인지 내상이 의외로 컸다. 별생각이 다 났다. 경선에서 패해 공천을 못 받고 나니, 죽을 일도 아닌 판에, 왠지 극단적이고 과격한 쪽으로 생각이 쏠렸다.

당협 사무소로 가봤지만, 당협위원장도 없었고 국장도 보이지 않았다. 소나기는 피하자는 의도겠지. 올 것이 온 것이겠지만, 그래도 나름 한다고 했는데, 뭔가 부족했던 모양이다. 근데 이 아프고 쓰린 감정은 도대체 뭐야. 억장이 무너져 내리는 것 같은 느낌, 이 참담한 심정은 예상치 못했던 불청객이다. 그런 거 안 해도 지금까지 잘 살아왔는데, 그런 거 안 하면 어때, 그냥 살던 대로 살면 되지. 정치판이 오물 진창이라는데, 이게 오히려 잘 된 거 아닌가. 깨끗이 정리하고 본업으로 돌아가자. 미련 없이. 하지만 그건 단지 생각일 뿐, 밑도 끝도 없이 추락하는 마음을 달랠 길이 없다.

강구는 김 국장에게 전화를 했다. 폰이 꺼져 있어 연결이 되지 않았다. 욕이 절로 나왔다. 이 새끼가 나를 몰랑하게 보나. 손 좀 봐줘야 쓰겠네. 이걸 어떻게 요리해야 분이 풀릴까. 시당에 가서 비리를 까발릴까, 기자회견을 열어 언론에 터트릴까, 아니면 선관위나 검찰에 고발해버릴까. 그런데 어느 것 하나 깔끔한 해결책이 될 것 같지 않았다. 뇌물 수수 쌍벌죄로 벌금을 물거나 감방에 들어갈 각오를 해야 하는 점이 과감한 수를 가로막았다. 달라는 갑에게 돈을 준 을을 처벌하는 건 상식에 맞지 않는다. 이건 냄새가 난다. 비록 물증은 없지만, 주는 놈을 꼼짝달싹 못하게 묶어두고 입을 틀어막자는 거겠지. 악취가 풍겨. 당해 보니까 비로소 알겠군.

열 받은 강구는 수시로 김 국장에게 전화를 때렸다. 적어도 스무 번은 됐을 터다. 저녁때쯤 신호가 터지고 김 국장과 마침내 통화가 됐다. 김 국장은 배터리가 다 돼서 폰이 꺼져 있었다고 변명하고 나서 강구의 공천 탈락은 정말 의외라며 고추 먹은 소리를 했다. 욕설이 목구멍까지 차올랐지만, 꾹 참았다. 개새끼, 지랄하고 자빠졌네. 강구는 무조건 만나서 얘기하자고 고집했다. 강구가 김 국장 집 근처 카페로 가겠다고 말하고 끊었다.

김 국장은 어색한 듯 손을 비비면서 맞은편 의자에 앉았다. 어떻게 그런 일이 있느냐며 이건 이번 공천의 최대 이변이라고 설레바리를 쳤다. 낙선자를 위로한다고 하는, 입에 발린 말이란 걸 번연히 알았지만, 그렇게 듣기 싫지는 않았다. 강구가 탁자를 탁탁 치며 말 문을 열었다.

"됐고, 마무리나 잘합시다. 얼마 전 장모 부조금 명분으로 준

돈이나 돌려주시오"

"이거 녹음합니까? 서로 폰 내놓고 탁 까놓고 얘기합시다. 아니면 난 갈랍니다."

김 국장이 먼저 폰을 탁자 위에 올려놓자 강구도 폰을 꺼내 탁자 위에 올려놓았다.

"김 국장님, 우리 서로 깔끔하게 처리합시다. 거래가 안 됐으면 원상복구를 해야 정상이지요. 안 그래요?"

"난 그거 그냥 부조금으로 알았습니다. 지금 와서 돌려달라면 신의가 아니지요."

"뭐요, 신의? 신의 같은 소리 하고 있네! 씨팔, 욕 나오네! 당신 장모상도 가라잖아! 부조금 챙기려고 사기 친 거, 그거 모를 줄 알았나! 조사해보면 다 나와!"

강구의 언성이 높아지자 김 국장은 좌우의 눈치를 살피더니 손을 흔들며 진정하라고 사정했다.

"강 회장, 알만한 분이 왜 이리 성급합니까. 다음 기회도 있지 않습니까. 4년 퍼뜩 지나갑니다. 기다려 봅시다."

"난 4년 못 기다려요. 다음 총선에서 박 의원이 또 당선된다는 보장도 없고, 내가 그때까지 살아있다는 장담도 못 하잖아요."

"그 돈이 있으면 돌려드릴 수 있지만 지금 돈이 없어요. 난 의원님께 강 회장님에 대해 최대한 잘 말씀드렸고 이번에 꼭 구의원 공천을 해야 한다고 당부까지 했어요. 성의도 보여드렸고요. 난 꼭 공천받을 거라고 믿었는데 일이 이래 됐네요. 원래 공천엔 변수가 많고 위험부담이 있어요. 난 받은 만큼 하고, 할 만큼 한 겁니다."

"자꾸 얘기해봐야 서로 속만 상합니다. 깨끗이 정산합시다. 줄 것 주고, 받을 것 받으면, 깔끔해요. 그다음 건은 그때 가서 또 흥정해 보든가. 그게 정답입니다."

"반팅합시다. 서로 반씩 손해보자고요."

"무슨 소리! 반팅이라니?"

"뇌물죄는 쌍벌죄라는 거 아시죠. 좋은 게 좋은 겁니다. 반 돌려주는 것만 해도 내가 많이 양보하는 겁니다."

다혈질인 강구는 피가 거꾸로 돌 지경이었다. 자리에서 벌떡 일어나 김 국장의 멱살을 잡았다.

"뭐 이런 쓰레기가 다 있어! 당신 나한테 맞아볼래!"

바리스타와 옆자리에서 커피를 마시던 젊은 여자가 폰을 들고 촬영 자세를 취했다. 김 국장이 눈알을 굴리며 촬영하고 있다며 경고를 주었다. 참 무서운 세상이었다. 강구는 멱살을 풀고 자리에 주저앉았다. 천장을 보며 흥분을 가라앉혔다. 김 국장도 한숨을 내쉬며 눈을 감았다. 강구가 결심한 듯 운을 뗐다.

"사정이 딱하니 그렇게 합시다."

강구는 애써 그렇게 말했지만, 속이 부글부글 끓어오르는 듯 물을 벌컥벌컥 마셨다.

"그럼 시간을 좀 주세요. 요즘 계좌 추적이 철저해서 돈세탁이 힘들어요. 한 번에 백 이하로 조금씩 빼다 보면 하 세월이에요. 잘 아시겠지만."

"알았어요. 다음 달에 다시 전화할게요."

벌레 씹은 표정으로 앉아 있던 강구는 벌떡 일어나 그냥 나가 버렸다. 이 모습을 지켜보던 김 국장은 커피값이나 계산하고 가라고 소리쳤다.

강구의 귀에 게르니카를 해설하는 도슨트의 열정적인 목소리가 환청처럼 들려왔다. 게르니카가 머릿속에 그려졌다. 애써 그림을 떠올려 봤다. 미궁의 실마리가 조금 풀리는 듯했다. 큐비즘의 복잡한 구성으로 인해 초조함과 당황스러움도 느껴졌지만, 왜곡된 공간과 분할된 부분에 생각이 미쳤다. 여러 각도와 다양한 시점에서 바라본 사물들의 실체가 평면에 재구성된 건가. 명확한 윤곽을 가진 물상에 대해 들쑥날쑥한 비례와 기하학적인 구성으로 추상화된 형상을 그려낸 점이 균형과 조화를 찾기 어렵게 만들긴 했지만, 그 실체와 정체가 마음으로 조금씩 들어오기 시작했다. 비정형성 속에서 작품 전체가 일관된 완성도를 갖도록 의도된 게 아닐까.

큐비즘 그림이 사물을 분해하고 배배 꼬아 이리저리 재구성하고 재배치한 결과물이라면 큐비즘 그림의 감상은 그 반대 방향으로 가야 하는지도 몰랐다. 재배치된 부분을 원위치로 환원시키고 비틀리고 꼬인 사항을 풀고 또 펴서 원래의 모습으로 되돌리는 절차가 난해한 큐비즘 감상의 첫걸음일 수 있었다. 복원된 원래의 형상에서 구체적 상황과 숨겨진 스토리를 파악하고, 첫인상이란 프리즘을 통해 전체를 다시 바라봐야만 작가가 큐비즘 그림을 통해 전하고자 하는 난해한 메시지를 찾아낼 수 있지 않을까. 얽히고설킨 복잡한 인간 세상에서 큐비즘은 어쩌면 불가피한 선택일지 몰랐다.

강구는 스마트폰에 게르니카를 띄웠다. 허공을 가르는 여인의 절규, 화선지를 찢을 듯한 빛나는 눈, 참담하게 파괴된 말의 눈, 강구는 피카소의 게르니카를 한참 동안 하염없이 바라봤다. 게르니카는 보면 볼수록 그림 속으로 깊게 빨아들이는 마력이 있었다. 회색과 흑백의 음울한 색조는 죽음과 절망의 모습으로 다가왔고, 절규하는 인간과 짓밟힌 말, 깨진 검은 공간은 그의 머리를 혼란스럽게 했다. 비리와 부조리가 판치는 세상을 그림 속에 숨겨놓았다고 말한다면 무식하다고 욕먹을지 모르겠다. 그게 아니면 어떤가. 그렇게 느끼면 그만인 거지.

큐비즘의 그림 속에서 허영에 들뜬 타락한 자신의 그림자를 발견했다. 간판장이가 권력을 탐해 팔자에 없는 구의원을 노리고 헛짓을 했던 지난 일이 부끄러웠다. 정치라는 진흙탕에 발을 들여놓은 건 도전이 아니라 탈선이었고, 시민을 위한 봉사가 아니라 자신을 부풀리기 위한 파렴치한 이기심의 발로였다. 참다운 인생은 삐까번쩍하게 빛나는 완장이 아니라 삶의 진정한 일상 중에 존재하는지도 몰랐다.

강구는 피카소의 게르니카 이미지를 시트지에 출력해 잘 보이는 사무실 벽면에 붙여놓았다, 수시로 게르니카를 바라보면서 수치스러운 경험으로 얻은 소중한 교훈을 평생 잊지 말자는 소박한 소망에서다. 송충이는 그저 솔잎을 먹고 살아야 한다.

그날

초판 인쇄일 • 1쇄 2025년 9월 01일
초판 발행일 • 1쇄 2025년 9월 10일

지 은 이 • 오철환
펴 낸 곳 • 화니콤
편 집 인 • 정준영

주　　소 • 대구광역시 수성구 들안로54길 12 1층
전　　화 • 053.755.6700
팩　　스 • 053.755.6726
전자우편 • red0202@nate.com
출판등록 • 2006년 8월 31일 제346-2006-00012호

ⓒ오철환, 2025

ISBN 978-89-97823-22-2-03800

값 15,000원